Obra de Gabriel García Márquez
1989

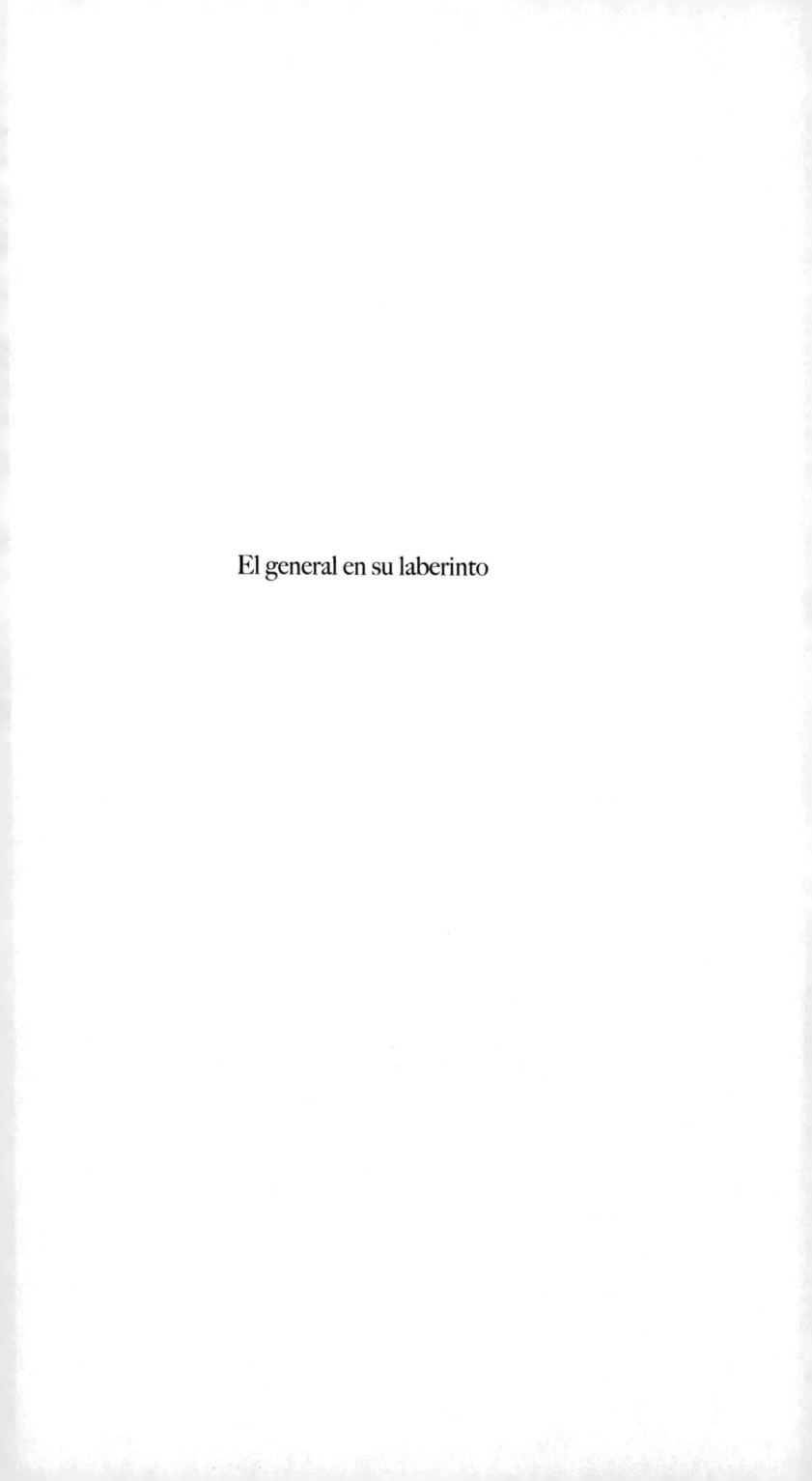

El general en su laberinto

〔哥伦比亚〕加西亚·马尔克斯 著
王永年 译

# 迷宫中的将军

南海出版公司

新经典文化股份有限公司
www.readinglife.com
出 品

献给

启发我写这本书的阿尔瓦罗·穆蒂斯[①]

---

[①] 阿尔瓦罗·穆蒂斯(1923—2013),哥伦比亚诗人、小说家,加西亚·马尔克斯的好友。

仿佛魔鬼主宰了我一生的际遇。
——致桑坦德①的信,一八二三年八月四日

---

① 弗朗西斯科·德保拉·桑坦德(1792—1840),哥伦比亚军人、政治家。此处摘自玻利瓦尔致桑坦德的信。

迷宫中的将军

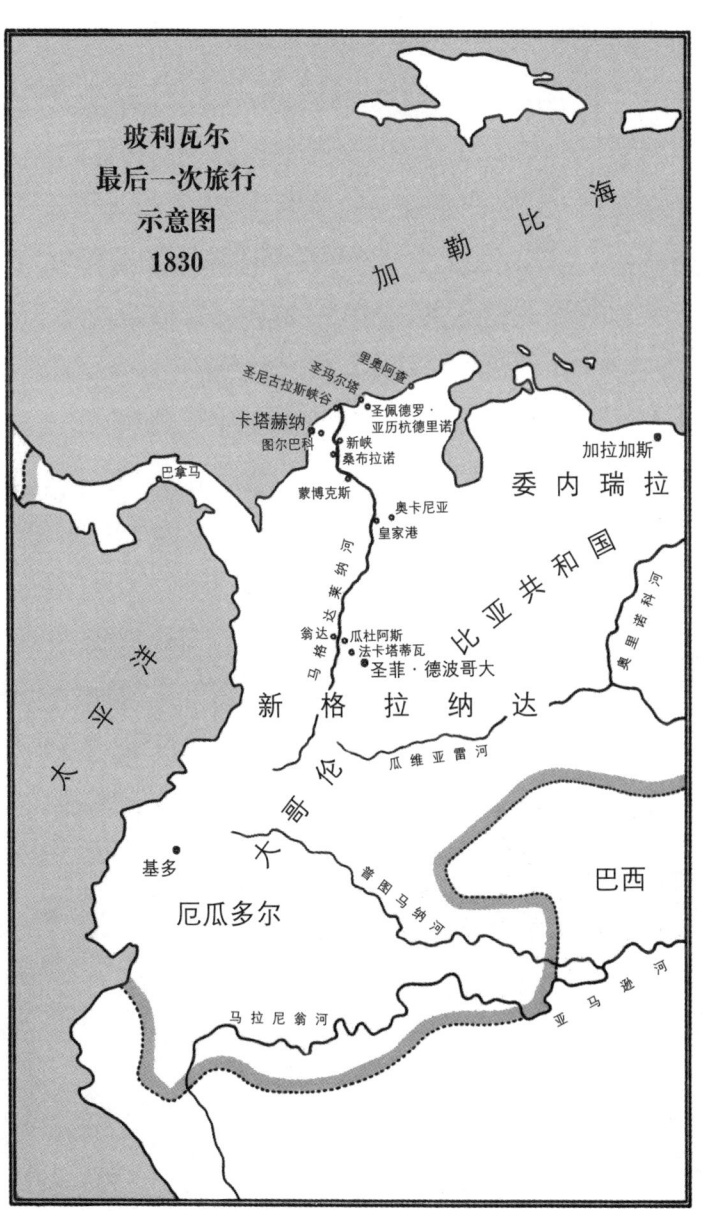

伺候他最久的仆人何塞·帕拉西奥斯见他光着身子、睁着眼睛泡在浴缸的草药水里,以为他已经淹死了。虽然知道那是他沉思冥想的多种方式之一,但是躺在水里那副瘫软沉迷的神态简直不像个活人。帕拉西奥斯不敢走近,只是低声按照他的吩咐在五点之前把他叫醒,以便天一亮就动身。将军从迷茫状态中醒过来,在昏暗中看到他总管的湛蓝的眼睛、松鼠色的鬈曲头发和庄严无畏的面容,手里拿着一杯罂粟果壳和树胶的煎剂。将军无力地抓住浴缸的扶手,像海豚似的从草药水里冒出来,衰弱的身体居然还有那股出人意外的冲劲。

"咱们走吧,"他说,"越快越好,这里谁都不喜欢我们。"

这句话何塞·帕拉西奥斯在不同场合听了许多遍,但仍不相信是将军的由衷之言，尽管马厩里的马队已准备就绪，随从的军官已开始集合。帕拉西奥斯帮他胡乱地擦干身子，赶紧替他裹上那件御寒斗篷，因为他冻得索索发抖，手里的杯子磕在牙齿上咯咯直响。几个月前，当他穿那条自从利马豪华淫靡的夜晚以来一直没有穿过的岩羚羊皮裤子时，发现随着体重的减轻，身高也缩短了。甚至赤身裸体时的模样也起了变化，躯干的皮肤苍白，脸和手则由于风吹日晒，黑得像烤焦了似的。刚过去的七月，他满了四十六岁，但那鬈曲粗硬的加勒比人头发已经花白，骨骼由于未老先衰变了形，他显得如此衰弱，仿佛熬不到明年七月。然而他果断的举止像是那种没有受到生活严重摧残的人，经常绕着圈子走个不停。他连呷五口就喝光了煎剂，舌头几乎烫出了泡，连蹦带跳在破旧的席子上跑过，留下一串湿漉漉的脚印，仿佛他喝下去的是起死回生的灵丹妙药。他一句话也不说，直到邻近教堂的钟楼响起五点的钟声。

"三〇年五月八号，星期六，英国人射伤圣女贞德的日子，"总管宣告，"从凌晨三点钟开始，一直在下雨。"

"从十七世纪凌晨三点钟开始下到现在了。"将军晚上失眠，嘴里发苦，没好气地说。然后认真地加了一句："我没听到鸡叫。"

"这里没有鸡。"何塞·帕拉西奥斯说。

"什么都没有,"将军说,"这里是非基督徒的国度。"

他们在圣菲·德波哥大,海拔二千六百米,四壁空空、大而无当的卧室不时有冷风从关不严实的窗户灌进来,对任何人都不是有益健康的住处。何塞·帕拉西奥斯把肥皂钵和红丝绒盒装的镀金刮脸用具放在大理石面的梳妆台上,在镜子旁边的托架上放好烛台,让将军有足够的亮光,又把炭火盆挪近一些,让他暖暖脚。接着,他掏出经常放在坎肩口袋里的一副银丝边、方镜片的水晶眼镜给将军。将军戴上眼镜,由于天生是个双利手,所以他时而用左手,时而换右手,灵活自如地刮着胡子,几分钟前连杯子都拿不稳,现在运用腕力的熟练程度令人吃惊。他在屋子里走来走去,全凭手感刮好了脸,因为他尽量避免看到自己在镜子里的面容。接着,他拔掉露在鼻孔和耳朵外面的毛,用银柄裹绸的牙刷蘸炭粉擦洗一口整齐的牙齿,修剪了手指甲和脚趾甲,最后脱掉斗篷,往身上倒了一大瓶古龙水,双手擦遍,搞得筋疲力尽。那天清晨,他的个人卫生工作做得比往常更严酷,仿佛要从二十年徒劳无益的战争和权力的惨痛教训中净化自己的身心。

昨晚，他接待的最后一个来访者是曼努埃拉·萨恩斯，那个爱他但并不会陪他进行这趟死亡之旅的久经战火磨炼的基多女人。她每次都留下不走，任务是让将军了解外出期间的所有情况，因为长久以来，将军除她之外谁都不信任。他留下一些东西交给曼努埃拉保管，这些东西除了他用过的纪念意义之外，没有什么价值，还留下几本他最喜爱的书籍，以及两箱私人文件。在前一天简短的正式告别仪式上，将军曾对她说："我很爱你，如果你现在比以前更理智，我会更爱你。"在八年炽烈的爱情生活中，将军对她做过许多敬重的表示，她对这句话也是这么理解的。将军的熟人中间，唯有她相信他这次真的要走了。也唯有她至少有个切实的理由希望他再回来。

将军不指望在动身之前再和曼努埃拉会面。但是房子的女主人堂娜阿玛莉亚想让他们高兴，给他们一个最后机会偷偷地告别。她让曼努埃拉打扮得跟骑手一般从马厩栅门进来，避开当地居民伪善的偏见。他们之间的关系是公开的秘密，人们早已议论纷纷，堂娜阿玛莉亚这样做是为了尽可能维护她家的好名声。将军更加谨慎，吩咐何塞·帕拉西奥斯别关通往隔壁大厅的门，那是家中仆人进出的必经之门，值勤的副官们在厅里玩纸牌，曼努埃拉走后很久他们还没有结束。

曼努埃拉为他朗读了两小时。她原很年轻,前不久才开始发胖。她抽水手烟斗,擦军人用的马鞭草香水,男人装束,同士兵们打成一片,但她喑哑的声音在昏暗的做爱时刻仍很动人。她坐在有最后一任总督纹章的大扶手椅上,借着微弱的烛光朗读;他穿着家常便服,盖着羊驼毛斗篷,仰天躺在床上静听。只能从他呼吸的节奏得知他并没有睡着。那本书是秘鲁人诺埃·卡萨迪利亚斯写的《一八二六年利马消息与流言的教训》,她念到某些段落时做了戏剧性的强调,同作者的文风十分贴切。

在后一个小时里,沉睡的房子里除了她的朗读之外没有别的声音。但最后一班巡逻队过去后,突然响起许多男人的一阵哄笑,整个街区的狗受到惊动,吠叫响应。他平静地睁开眼睛,想知道是怎么回事,曼努埃拉把大拇指夹在念到的那页,合上书,搁在膝上。

"是您的朋友们。"她对将军说。

"我没有朋友,"他说,"即使还剩几个,为时也不会太久。"

"他们在外面守夜,防止别人害您。"

将军这才听说全城早已知道的事情:好几起暗害他的

阴谋正在酝酿，最后一批支持他的人守着房子警戒防范。门厅和内宅花园的回廊由轻骑兵和投弹手把守，他们都是委内瑞拉人，准备护送将军到卡塔赫纳港口，在那里乘帆船去欧洲。两个士兵打开铺盖卷横睡在卧室正门口，副官们则在卧室旁边的厅里玩纸牌，等曼努埃拉朗读结束，但是士兵们良莠不齐，不少人来路不明，在这种时候谁都不敢担保不出什么事。将军不为坏消息所动，做了一个手势让曼努埃拉继续往下念。

将军一向把死亡看成是不可避免的职业危险。他作战时总是身临第一线，却连划破皮的小伤都没有受过。他在敌人的炮火下行动自若，镇定得近乎荒唐，手下的军官们只得简单地解释为他自信刀枪不入。他屡遭暗算，但每次都安然无恙，好几次是因为他没有睡在自己的床上才保全性命。他外出时不带警卫，无论在什么地方给他什么吃喝都不提防。只有曼努埃拉明白，他满不在乎的态度并不是出于糊涂或者宿命论思想，而是因为他悲哀地确信自己必将孤苦无告、赤身裸体地死在床上，并且不能从公众的感戴中得到安慰。

动身前那个失眠之夜，他唯一打破的惯例是上床之前没有洗热水澡。何塞·帕拉西奥斯早就替他烧好了恢复元气、祛痰止咳的草药汤水，一直保持着合适的温度，以备他随时洗澡。但他不想洗。他吃了两丸治习惯性便秘的泻药，想在闲话利马的喁喁哝哝的读书声中迷糊睡去。突然间，没有任何明显的原因，他发作一阵剧咳，房子仿佛都在震动。隔壁大厅里的军官们中断了牌戏。其中一个爱尔兰人贝尔福德·欣顿·威尔逊在卧室门口探头看看是否需要他帮忙，只见将军趴在床沿想把肚子里的东西兜底吐光。曼努埃拉扶着他的头，让他吐在一个小盆里。何塞·帕拉西奥斯是唯一可以不敲门就进入卧室的人，他紧张地守在床边直到危象过去。将军满眼泪水，深吸了一口气，指向梳妆台。

"全怪那些丧气的花。"他说。

他像往常那样，总是为自己的不幸随便找个怪罪的原因。曼努埃拉比谁都了解他，向何塞·帕拉西奥斯示意把那个插着早上摘来、已经凋谢的晚香玉的花瓶拿走。将军躺回床上，合上眼睛；她用原先的声调继续朗读。她觉得将军已经入睡，便把书放在床头柜上，在他烧得滚烫的额头吻了一下，悄悄对何塞·帕拉西奥斯说，明天早上六点起她将等在通往翁达的公路的十字路口，同将军最后告别。然后她披上军用斗篷，踮着脚尖离开卧室。这时将军睁开眼，轻声对何塞·帕拉西奥斯说：

"请威尔逊把她送到家门口。"

曼努埃拉认为她单身一人完全可以走夜路，比一小队长矛手护送更好，但将军的吩咐还是照办。何塞·帕拉西奥斯擎着一支蜡烛在前面引路，到了马厩，马厩环绕着有一眼喷泉的内宅花园，清晨的第一批晚香玉正开始吐放。雨暂时停了，风也不在树间呼啸，但是寒冷的天空没有一颗星星。贝尔福德·威尔逊上校一路上重复夜间的口令，让躺在回廊席子上的哨兵放心。经过大厅窗口时，何塞·帕拉西奥斯看到房东正在给通宵等候、准备送行的军民朋友分送咖啡。

何塞·帕拉西奥斯回卧室时发现将军神志不清。他断断续续地说着胡话，只听得懂一句："谁都不理解。"他发高烧，浑身火烫，不时放几个恶臭的闷屁。第二天，将军记不清自己是在说梦话还是谵妄。他把这种情况称为"我疯狂的危象"。现在谁都不惊慌了，因为他害这种病已有四年之久，任何医生都无法做出科学的解释。次日他又头脑清醒，仿佛从死灰中获得新生。何塞·帕拉西奥斯替他裹好毯子，在大理石面的梳妆台上留一支燃着的蜡烛，离开了房间，没关门，继续守候在隔壁厅里。他知道将军明天一早就会起来，泡在浴缸的草药汤水里，试图恢复梦魇消耗的精力。

惊心动魄的一天已经结束。一支由七百八十九名轻骑兵和投弹手组成的卫戍部队借口要求补发三个月的欠饷发动了哗变。真正原因是这支部队大多数军人来自委内瑞拉，不少人参加过解放四个国家的战争，立下汗马功劳，但是最近几星期来遭到市民的辱骂和挑衅，他们担心将军出国后自己的命运毫无保障。哗变部队要价七万金比索，结果给了他们一千金比索和旅途用品，解决了冲突，当天下午队伍带了一群妇女儿童和家畜乱哄哄地向委内瑞拉开拔。市民们骂骂咧咧，唆使狗咬他们，朝他们脚下扔燃着的鞭炮，打乱他们的步伐。军鼓和铜乐器压不住喧腾，市民们对敌人的部队也没有这么做过。十一年前，经过三个世纪漫长的西班牙统治，凶恶的总督堂胡安·萨马诺也从这条路仓皇出逃，他乔装成朝圣香客，但他箱子里满是金铸的神像和原坯翡翠、剥制的大嘴鸟和装穆索蝴蝶标本的玻璃盒子。当时不止一人在阳台上为他挥泪，向他扔一枝鲜花，衷心祝愿他一路顺风。

将军借住在陆海军部长的邸宅里，大门不出，秘密参加了解决冲突的谈判，最后派他的内侄和心腹副官何塞·劳伦西奥·席尔瓦将军送反水部队到委内瑞拉边界，以保证不出新的乱子。他没有看队伍在阳台下经过，但听到了军号和鼓声，以及挤在街上的人群的喧闹和嘈杂的叫喊。他不予理睬，同书记员们处理尚未答复的信件，口授一封给玻利维亚总统堂安德烈斯·德圣克鲁斯大元帅的信，宣称他已交出权力，但对这次国外之行并不明确肯定。"我这辈子再也不写信了。"他结尾说。午睡发汗时，他在梦中仿佛听到远处的喧闹，被一连串爆炸声惊醒，那可能是叛军的枪声，也可能是烟火匠们试放爆竹。他问是怎么回事，回答是过节。回答十分简单："将军，那是庆祝节日。"连何塞·帕拉西奥斯都不敢向他解释是什么节日。

曼努埃拉夜间来访谈起这件事时，将军才知道是他的政敌，也就是他称之为蛊惑党的那批人干的，他们得到治安当局的默许，上街煽动手工业行会反对将军。那天是星期五赶集的日子，广场上容易引起骚乱。傍晚一场雷电交加、异乎寻常的大雨驱散了捣乱分子。但是损害已经造成。圣巴托洛梅法学院的学生们攻占了最高法院，强行对将军进行公审，他们用刺刀破坏了他的一幅由一位解放军老旗手绘制的真人大小的油画像，然后从阳台上扔到街上。喝玉米酒醉了的暴民们抢劫了皇家大道上的商店和郊区没有及时关门的酒店,在大广场上枪决了一个用塞满锯木屑的布袋扎成的将军,即使没有缀纯金纽扣的蓝色军服,也一眼就能辨出像谁。他们指控将军幕后鼓动军队叛乱,目的是恢复他连续任职十二年之后被议会一致投票决定剥夺掉的权力。指控他想终身担任总统,以便把这职位传给一个欧洲亲王。指控他假装出国,其实是前赴委内瑞拉边境,打算率领叛军卷土重来,夺取政权。公共建筑的墙上贴满了攻讦将军的无头告示,支持将军的一些头面人物躲在别人家里,等待事态平息。他的主要政敌弗朗西斯科·德保拉·桑坦德一派的报纸大肆宣扬说,将军的所谓疾病和出国的消息传得满城风雨,令人厌烦,其实只是政治花招,想让人们请求他别走。那天晚上,曼努埃拉·萨恩斯把白天的骚乱详情告诉将军时,临时总统的士兵们正在擦掉大主教邸宅墙上一条用炭涂写的标语:"这家伙既不会走,也不会死。"将军听后叹了一口气。

"局势肯定不妙,"他说,"我比局势更糟,这一切只是发生在一个街区之外的事,却对我说是庆祝节日。"

事实是他最亲密的朋友也不信他会放弃权力,离开祖国。这个城市太小,市民又太喜欢在鸡毛蒜皮的小事上纠缠不清,因此不可能不注意到他毫无把握的欧洲之行有两个大破绽：首先，他随从人员众多而没有足够的钱，哪里都去不成；其次，他曾任共和国总统，未经政府许可，一年之内不能出国，何况他连提出申请的表面文章也没有做。他下令收拾行李，故意搞得人人皆知，但连何塞·帕拉西奥斯都不把它看成是不容置疑的证据，因为他以前装着要离开，曾下令将整幢房屋拆除，结果却是一个有效的政治花招。军事副官们认为过去一年中他灰心丧气的症状太明显了。以前也有类似的情况，可是在最意想不到的时候，他又精神焕发地苏醒过来，带着比原先更大的劲头重新生活。何塞·帕拉西奥斯一直注意各种难以预料的变化，常说："将军的心思只有将军自己知道。"

他一再提出辞职，已经编进了民间歌谣，最早一次是总统就职演说中一句模棱两可的话："我获得和平的第一天也就是我执政的最后之日。"以后几年里，他在不同场合又多次要求辞职，谁都说不准是不是他的真实想法。两年前的一次搞得尽人皆知。那是九月二十五日晚上，有人企图在政府大楼的卧室里暗杀将军，他侥幸脱险，没穿外套在一座桥下躲藏了六小时。第二天清晨，议会派一个代表团去探望，只见他身上裹着羊毛毯，两脚泡在一桶热水里，不是由于高烧，而是由于失望，显得萎靡不振。他向代表们宣布阴谋不予调查,不对任何人进行传讯,原定元旦召集的议会立即提前举行会议,选举另一位共和国总统。

"这之后,"他结尾说,"我就离开哥伦比亚,再也不回来了。"

话虽这么说,后来还是进行了调查,严厉审讯了责任者,在大广场枪决了十四个人。原定一月二日召集的制宪议会推迟了十六个月才举行会议,谁也不提辞职之事。但当时的国外来访者、偶尔一起聚会的人和过路的朋友都听他说"我要到人们要我的地方去"。

他病重的公开消息也不是要走的可靠征兆。他有病这一点谁都不怀疑。相反的是,自从他最近在南方作战归来,凡是见他在鲜花扎成的凯旋门下通过的人都吃惊地认为这次他必死无疑。他进城时骑的不是那匹赫赫有名的战马"白鸽",而是一头用席子代替马披的秃毛母骡,他头发花白,满脸愁云,上衣肮里肮脏,一只袖管脱了线。他英武的风度荡然无存。当天在政府大楼为他举行的沉闷的晚会上,他郁郁寡欢,不知是出于政治诡计还是单纯的疏忽,竟用一个部长的姓名去称呼另一个部长。

他衰朽的模样不足以使人相信他将离去,因为六年来一直传说他身患重病,但他始终照常保持指挥能力。第一次带来将军病重消息的是一个英国海军军官,南方解放战争激烈进行期间,英国军官偶然在利马北面帕蒂维尔卡的沙漠里见到将军。他在一所临时搭成、权充司令部的小茅舍里看到将军裹着风雨呢斗篷躺在地上,由于忍受不住中午的酷寒,头上包着一块布,身边有几只母鸡啄食什么,他连驱赶的力气都没有。经过一场语无伦次的艰难的谈话,将军同来访者告别,最后一句戏剧性的话叫人听了心碎:

"把你目睹我临死的情况告诉全世界吧,在这片不是人住的沙滩,鸡都爬到了我身上。"

据说他害的是沙漠毒辣的太阳造成的日射病。又传说他先在瓜亚基尔,后在基多已处于弥留状态,害的是胃热,突出的症状是对外界毫不关心,精神极端冷漠。没人知道这些消息有什么科学根据,因为将军一向反对医生们的见解,他根据多诺斯蒂埃尔的《自我医疗》自己诊断处方。那是一本法国民间验方手册,何塞·帕拉西奥斯替他随身携带,作为了解和治疗任何身心毛病的绝对权威。

总之,谁的弥留时刻都不如他那么硕果累累。人们以为他快死在帕蒂维尔卡时,他却再度翻越安第斯山脉,在胡宁告捷,以阿亚库乔的最终胜利完成了整个西班牙美洲的解放事业,建立了玻利维亚共和国,在利马受到欢迎,陶醉在空前绝后的荣耀之中。因此，尽管再三宣布他因病将引退出国，官方活动仿佛也证实了这一点，但人们认为只是显而易见的闹剧重演，不予置信。

将军回来后几天，举行了政府会议，开得不很愉快，结束时他拉住安东尼奥·何塞·德苏克雷元帅的胳臂说："您留一留。"将军把他带到只接待少数贵客的私人办公室，硬要他坐在将军自己的大扶手椅上。

"现在这个座位与其说是我的，不如说是您的了。"他对苏克雷说。

这位阿亚库乔的大元帅，将军的亲密战友，对国家形势了若指掌，但将军在谈正题之前仍对他做了详细介绍。要不了几天就得召集制宪议会，选举共和国总统，通过新宪法，虽然为时已晚，但这是挽救美洲一体化的金色梦想的尝试。秘鲁已被倒退的贵族势力控制，似乎难以挽救。安德烈斯·德圣克鲁斯将军把玻利维亚拖往他自己的方向。委内瑞拉在何塞·安东尼奥·派斯将军的统治下于前不久宣布自治。南方长官胡安·何塞·弗洛雷斯将军联合瓜亚基尔和基多，准备成立独立的厄瓜多尔共和国。作为一体化辽阔国家雏形的哥伦比亚共和国又将沦为新格拉纳达总督领地。一千六百万刚刚获得自由生活的美洲人又得听从地方军阀的任意摆布。

"总而言之,"将军总结说,"我们双手创造的一切,正遭到别人的践踏。"

"那是命运的嘲弄,"苏克雷元帅说,"我们似乎把独立的理想播种得太深,如今人们互相都在搞独立。"

将军反应强烈。

"别重复敌人的鬼话,"他说,"尽管有时不幸被他们言中。"

苏克雷元帅道了歉。他聪明、整饬、胆小、迷信,出天花后留下的疤痕并没有减损面貌的温柔。将军很欣赏他,但说他故作谦逊。他是皮钦查、图穆斯拉、塔尔基几大战役的英雄,二十九岁就指挥了光辉的阿亚库乔战役,摧毁了西班牙人在南美的最后堡垒。除了这些功勋之外,他更受人称颂的是胜而不骄,心地善良,有政治家气质。那时他已辞去了全部职务,不佩戴任何表示军衔的标志。披着一件长及脚踝的大氅,老是翻起领子,挡住附近山头刮来的刀割似的寒风。他对国家唯一的、也是最后的义务是代表基多选区参加制宪议会。当时他三十五岁,体格强健,热恋着索兰达女侯爵堂娜玛莉亚娜·卡塞伦,一个美貌、淘气、稚气未脱的基多姑娘,他们两年前结了婚,有一个六个月的女儿。

将军想不出有谁比苏克雷更适于继他之后担任共和国总统了。他知道拉斐尔·乌达内塔将军为了设置障碍在宪法中塞进了限制总统年龄的规定，苏克雷还差五岁，但他在秘密串联，设法通过一项修正案。

"您接受下来吧，"将军对他说，"我挂一个最高统帅的名，待在政府外围，正如公牛在一群母牛外围打转。"

他神情疲惫，但他的决心使人深信不疑。不过元帅早就知道，现在坐的这把椅子永远不会归他。前不久，当将军初次提出由他担任总统的可能性时，他说他永远不会治理一个制度与方向日趋危险的国家。按照他的想法，整顿的第一步是把军人排除在权力机构之外，他打算向议会提议今后四年中总统之职不能由军队将领担任，用意也许是阻止乌达内塔上台。但是反对这一修正案最激烈的人将会是最有势力的人，也就是军队的将领们。

"我太疲倦了，不能没有方针地工作，"苏克雷说，"此外，阁下同我一样清楚，这里需要的不是总统，而是一个弹压叛乱的人。"

当然，他可以参加制宪议会，如果向他提出，甚至可以接受担任议会主席的荣誉。但是仅此而已。十四年的战争已经教会了他,能活着就是最大的胜利。他建立了玻利维亚共和国,把这片未开发的广袤土地治理得井井有条,担任总统期间懂得了权力变幻无常的道理。他的颖悟使他明白光荣的虚幻。"因此我不能接受,阁下。"他总结说。六月十三号,圣安东尼奥日,他必须赶到基多和他的妻子女儿团聚,不仅在这一年而且要在他有生之年和她们一起庆祝他的命名日。上一个圣诞节他已下定决心在爱的欢愉中为她们而生活。

"我对生活别无他求。"苏克雷说。

将军脸色苍白。"我还以为再没有什么能使我吃惊了。"他说。他直盯着苏克雷的眼睛:

"这是您最后一句话吗?"

"倒数第二句,"苏克雷说,"最后一句是向阁下知遇之恩表示感谢,永世不忘。"

将军在腿上拍了一掌,让自己从一场迷梦中醒来。

"好吧,"他说,"您替我做出了我一生中最后的决定。"

当天晚上他吃了一个医生为他治胆汁病的催吐剂,委顿不堪,写了辞呈。一月二十日,制宪议会开幕,他在告别演说中赞扬了议会主席苏克雷元帅,称他为最杰出的将军。赞扬引起会场一片欢呼,但是乌达内塔身旁一个议员附在他耳畔悄悄说:"那就是说还有一个将军比您更杰出。"将军的话和那个议员的挑拨像两枚火红的钉子刺进了乌达内塔将军的心。

乌达内塔的不快可以理解。即使他的战功不及苏克雷显赫,魅力也稍显逊色,但没有理由说他不同等杰出。将军本人曾称赞他的镇静坚定,他对将军的忠诚和爱戴也久经考验,将军不敢面对现实时,他是少数敢直言不讳的人之一。将军注意到自己的疏忽,在排印出来的讲话校样上亲笔把"最杰出的将军"改成"最杰出的将军之一"。这个补救措施并没有消除乌达内塔的怨气。

几天后,在将军同友好议员的一次会议上,乌达内塔指责他伪称准备出国,其实是在秘密活动,企图重新获选。三年前,何塞·安东尼奥·派斯将军在委内瑞拉省武装夺权,首次尝试把它从哥伦比亚分裂出来。于是将军前去加拉加斯,在欢歌和钟声中当众同派斯拥抱表示和解,并且投其所好,为他制定了一个特例制度,允许他随心所欲支配一切。"灾难就是从那时候开始的。"乌达内塔说。那次纵容不仅毒化了同新格拉纳达人之间的关系,而且传播了分裂的细菌。如今,乌达内塔总结说,将军能对国家做出的最好贡献就是立即改掉发号施令的恶习,离开这个国家。

将军激烈地反驳。乌达内塔心直口快，说得慷慨激昂，在场的人都认为他们看到了一场伟大的老交情的破灭。

将军重申他辞职的决心，指定在议会选出新总统前由堂多明戈·凯塞多担任临时总统。三月一日，他从侧门离开政府大楼，避开应邀前来喝杯香槟酒祝贺他的继任者的宾客。他乘别人的马车前往临时总统借给他暂住的风光旖旎的富恰庄园。他意识到自己成了普通居民，仅仅这一点足以加重催吐剂的损害。他吩咐何塞·帕拉西奥斯准备文具，在半梦半醒间开始写回忆录。何塞·帕拉西奥斯拿来了足够写四十年回忆的墨水和文具，将军通知他的侄子、书记员费尔南多从下星期一凌晨四点开始工作，将军每天那时候头脑最清醒，可以痛思往事。他多次同侄子谈过，要从他记忆所及的最早一件事开头，那是他刚满三岁不久在委内瑞拉圣马特奥庄园做的一个梦。他梦见一头长着金牙齿的黑母骡闯进家里，从正厅跑到贮藏室，家里人和奴隶们都在午睡，母骡不慌不忙，见什么就吃什么，把窗帘、地毯、灯具、花瓶、餐厅刀叉和器皿、祭坛上的神像、衣橱箱子连同里面的衣物，厨房里的坛坛罐罐、门窗连同铰链和插销，以及从门厅到卧室的所有家具统统吃了下去，唯一没有碰的东西是飘浮在空中的他母亲梳妆台的一面椭圆形镜子。

富恰庄园天高云淡，空气清新，他自我感觉良好，不再提回忆录的事，而是利用清晨的时光在草原芳菲的小径上散步。他到后几天，来看望的人得出他已恢复的印象。忠于他的军人朋友们尤其如此，他们要求将军继续担任总统，即使发动政变也在所不惜。将军劝阻他们，理由是使用武力有损他的荣誉，但似乎并不排除议会做出合法决议确认他重任总统的希望。何塞·帕拉西奥斯还是那句老话："将军的心思只有将军自己知道。"

曼努埃拉仍旧住在离圣卡洛斯宫总统府不远的地方，密切注意着街谈巷议。她每星期到富恰去两三次，如有紧急情况去得更勤，每次都带着修道院做的杏仁糖、热甜点和桂皮巧克力，以供下午四点钟的茶点之用。她难得带报纸，因为将军近来对批评十分敏感，一些微不足道的指责都会使他大动肝火。但是她讲述政界的卑鄙、沙龙里的背信弃义和聚会场所的风向征兆，即使对他不利的事情，他也得耐住性子听她说完，因为她是唯一获准许说真话的人。无话可说时，他们便处理信件，或者由她念书给他听，再不然就同副官们玩纸牌，不过他们俩总是单独进餐。

他们是八年前在基多庆祝解放的豪华舞会上相识的，

当时她已是詹姆斯·索恩医生的妻子,索恩是总督统治①末期跻身于利马贵族圈子里的英国医生。她是将军丧偶二十七年来长期保持爱情关系的最后一个女人,也是将军的心腹、文件保管员和最富激情的朗读者,并且是他的参谋部成员,有上校军衔。她曾醋意大发,争吵得凶时差点咬下他一只耳朵,这已成遥远的往事;可是他们一些最平常的交谈仍旧会导致憎恨的爆发和绸缪缱绻的和解。曼努埃拉并不留下过夜。这一季节傍晚转瞬即逝,她总是赶在天黑之前到家。

在利马的马格达莱纳庄园时,他找出种种借口让她离得远远的,而自己则同出身高贵或者不怎么高贵的夫人们寻欢作乐;在富恰庄园情况完全相反,没有她,将军似乎活不下去。他眺望着她来时的必经之路,不停地问何塞·帕拉西奥斯时间,要帕拉西奥斯挪动椅子的位置,一会儿要把炉火拨旺,一会儿又要灭掉,过一会儿又要重新生火,将军自己闷闷不乐,焦灼烦躁,把何塞·帕拉西奥斯也搞得六神无主,看到马车从山冈后面出现,将军才重新有了生气。但是当来访超过了预定的时间,他显得同样

---

① 指玻利维亚隶属西班牙殖民当局设在利马的总督辖区的时期,从1542年起,至1825年止。

焦躁。午睡时分，他们两人躺在床上，不关门，不脱衣服，也不睡着，不止一次犯了想再做最后一次爱的错误，因为他力不从心，却又不肯认输。

那些天中，他顽固的失眠症显出了紊乱的迹象。他口授信件说了半句话，或者玩牌一局未终时会突然睡着，自己也说不清是睡意的突然侵袭还是短时的昏厥，但他该睡觉时，头脑又特别清晰，十分痛苦。天快亮时，他才迷迷糊糊入睡，但随即又被林间的飒飒风声惊醒。他只好把口授回忆录的计划再推迟一个上午，独自出去散步，有几次到午餐时间才回来。

他出去时不带警卫，不带那两条曾随他上过战场的忠心耿耿的狗，也不骑马，因为他几匹名噪一时的战马都卖给了轻骑兵营，补充旅行的经费。他身披羊驼毛斗篷，脚蹬羊毛衬里的长靴，头戴绿绸睡帽以抵挡草原的寒风，在一眼望不到头的杨树林中踩着厚软的腐叶一直走到附近的河畔。他在凄怆的柳树下面对着一座木板松动的小桥久久地坐着，凝视着潺潺流水，想当初他曾引用青年时代的老师堂西蒙·罗德里格斯的修辞譬喻，把流水比作世人的命运。一个警卫始终尾随着他，不让他发觉，他回来时浑身被露水沾湿，脸色苍白，神情茫然，几乎连登上大门台阶的气力都没有了，但眼睛却闪出狂喜的光芒。他形单影只散步的时候心情十分舒畅，暗中跟随的警卫甚至听到他在树林里像当年获得传奇般的胜利或遭到悲壮的失败时那样唱起士兵的歌曲。最了解他的人都不明白他为什么这么兴高采烈，因为连曼努埃拉也不信制宪议会会再次确认他为共和国总统，尽管将军本人曾说它值得赞扬。

选举总统的那天早晨，将军散步时看到一条无主的猎犬在篱笆间同鹌鹑嬉戏。他吹了一声口哨，那条狗霍地站住，竖起耳朵寻找，只见他披着几乎拖到地上的长斗篷，戴着佛罗伦萨主教式的软帽，孑然一身站在疾驰的浮云和无垠的平原之间。猎犬在将军身上嗅来嗅去，将军抚弄它的皮毛，它突然闪开，金黄色的眼睛直瞅着将军，疑虑地哼了一声，吓得逃跑了。将军顺着一条小路追赶，跑进一个陌生的郊区，只见一些土路小街，红瓦土砖的房屋，院子里升腾着挤奶的热气。他突然听到一声呵斥：

"独夫！"

牛圈里扔出一捧牛粪，他躲避不及，前胸被打个正着，溅了一脸。他离开总统府以后一直昏昏沉沉，这下才猛然惊醒，原因不是打中他的牛粪，而是那一声大喝。他知道新格拉纳达人给他起了这个绰号，与一个流浪街头、由于穿着一身军制服而出名的疯子同名。那些自诩为自由派的议员之一曾背着将军在议会上这么称呼他,当时只有另外两个议员站起来抗议。但他从没有听人当他面叫这个绰号。他刚拉起斗篷一角擦脸,偷偷尾随他的警卫就从树林里出来,拔剑要惩罚侮辱他的人。将军忽然火冒三丈。

"你他妈的在这里干什么?"他问道。

军官赶忙立正。

"听从您吩咐,阁下。"

"我不是你的阁下。"将军回答说。

将军一怒之下剥夺了他的职务和军衔。军官认为亏得将军没有权力给他更重的处分,已是不幸中之大幸。深深了解将军脾气的何塞·帕拉西奥斯也不明白他为什么如此严厉。

那天很不好过。整个上午他像等候曼努埃拉那样在屋子里转来转去,但对谁都不隐瞒这次不是盼她,而是盼望议会的消息。他随时随刻估计会议进行到了什么地步。何塞·帕拉西奥斯回答已是十点钟时,他说:"那些蛊惑家再怎么聒噪,现在也应该投票表决了。"他沉思好久之后又高声自问:"谁了解乌达内塔那样的人在盘算什么?"何塞·帕拉西奥斯知道将军心里明白,因为乌达内塔一直逢人便讲他不满的理由和程度。何塞·帕拉西奥斯走过时,将军像不经意地问他:"你认为苏克雷会投票选谁?"何塞·帕拉西奥斯同将军一样清楚,苏克雷元帅不可能投票,前几天他受议会委派和圣玛尔塔主教何塞·马利亚·埃斯特维斯一起去了委内瑞拉,协商分裂的条件。何塞·帕拉西奥斯立即回答:"将军,您比谁都清楚。"早晨不愉快的散步之后,将军第一次露出了笑容。

将军不论胃口好坏,十一点之前总是坐下来吃一个煮得温热的鸡蛋,喝一杯葡萄酒,或者吃少许干酪,那天别人进餐时,他一直在平台上全神贯注地望着大路,连何塞·帕拉西奥斯都不敢打扰他,下午三点敲过,他一跃而起,原来早在曼努埃拉的马车从山冈后面出现之前他已听到了马蹄声。他跑去迎接,打开车门扶她下来,一看到她脸色就知道带来了什么消息。堂华金·莫斯克拉,波帕扬一个显赫家族的长子,全票当选为共和国总统。

他的反应不是愤怒、失望,而是惊讶,因为他本人曾向议会推荐过堂华金·莫斯克拉,自信肯定不会被接受。他陷入沉思,直到吃茶点时才开口:"难道我一票都没有?"他问道。一票都没有。后来,一个由拥护他的议员们组成的官方代表团来访时向他解释说,他的支持者商量好让新总统全票当选，免得他像是一场激烈竞争中的败方。他懊丧之余似乎并不欣赏这种给他保留面子的做法。他想到的是，在他首次提出辞职时就接受反而使他面子上好看。

"总而言之，"他叹息说，"那些蛊惑家又赢了，并且一举两得。"

他把代表团送到大门口之前，竭力不流露出自己的愤懑。马车还没有走远，他就发作一阵剧咳，直到傍晚，整个庄园都十分惊慌。官方代表团一个成员说议会的决定非常审慎，挽救了共和国。当时他没有评论。那天晚上，曼努埃拉硬要他喝下一杯肉汤时，他说："任何议会都救不了共和国。"临睡前，他召集了副官和勤杂人员，像前几次半真半假辞职时那样郑重宣告：

"我明天就离开这个国家。"

他不是在第二天，而是四天之后才成行。与此同时，他恢复了平静，口授了一个告别宣言，丝毫没有流露内心的创伤，又回城准备行装。新政府的陆海军部长佩德罗·阿尔坎塔拉·埃兰将军把他接到自己在教育街的邸宅，不单是尽地主之谊，更是为了保护他免受日益嚣张的暗杀他的威胁。

他离开圣菲之前，变卖了剩下的一些值钱东西充实行囊。除了马匹之外,他还卖了一套在波托西富裕时期用的银餐具,造币厂不考虑精细的手工和文物价值,单凭银子的重量作价两千五百比索。结算下来,他一共带走一万七千六百比索六十生太伏,一张由卡塔赫纳国库见票即付八千比索的汇票,议会同意的终身年金,以及分散放在几个箱子里的六百盎司黄金。他出生时以名下的财产而论算得上是美洲豪富,如今只剩这点可怜的余额。

出发的那天早晨,将军已穿好衣服,何塞·帕拉西奥斯归在一起的行李只有两套很旧的内衣,两件替换衬衣,一件双排纽扣的军上衣,据说纽扣是印加帝国末代皇帝阿塔瓦尔帕的藏金打造的,还有一顶绸睡帽和苏克雷元帅从玻利维亚给他带来的红色尖顶帽。他只有几双屋里穿的便鞋和脚上一双漆皮长靴。何塞·帕拉西奥斯的行李中除了药箱和少许值钱物品之外,还有卢梭的《社会契约论》和意大利将军拉伊蒙多·蒙特库科利的《军事艺术》,那是副官威尔逊的父亲罗伯特·威尔逊爵士送给将军的、原属拿破仑·波拿巴的珍本藏书。其余的东西寥寥无几,一个士兵用的背囊就足以装下。随从们已在大厅等候,将军正要出去时,见到这些东西,说道:

"亲爱的何塞,真难以相信,我们多少荣誉就塞在了一只鞋子里。"

但是七头母骡驮着另外几只装有勋章、黄金餐具和值钱杂物的箱子、十箱私人文件、两箱旧书、至少五箱衣料，还有几箱谁都没有耐心清点的各式各样有用无用的杂物。三年前将军从利马回来时的行李和现在不可同日而语，当时他身兼玻利维亚总统、哥伦比亚总统、秘鲁独裁者三重职位，马队驮着七十二个大箱子和四百多个小箱子，装的东西不计其数，价值也无从估计。那次留下六百多本书在基多，再没设法取回。

快六点了。连绵不断的小雨暂时停息，但空气仍旧迷蒙阴冷，士兵们驻扎的屋子开始散发军营的气息。轻骑兵和投弹手见到将军从回廊尽头走来便纷纷起立。阴郁的将军由副官们簇拥着，在熹微晨光中呈现绿色，披着斗篷，大檐的帽子使他脸色更灰暗。他把一条浸透古龙水的手帕捂在嘴上，按照安第斯山区古老的迷信，这能防止猛地走到户外时瘴气的侵袭。他身上没有任何军衔绶章，也没什么表明他当年无上权力的标志，但在嘈杂的侍从军官中间，一种异样威严的光辉使他与众不同。他在内宅花园铺着席子的回廊里缓步朝客厅走去，没有搭理向他立正敬礼的岗哨。进入客厅之前，他把手帕塞在袖管里——如今只有教士们才保留这种习惯,然后脱下帽子交给一个副官。

除了在邸宅通宵等待的人之外,军民宾客一早便络绎来到。他们三三两两地坐在一起喝咖啡,深色的服装和压低声音的谈话使客厅的气氛阴郁严肃。突然间,低沉的喃喃声中响起一个外交官的尖嗓门:

"这简直像是葬礼。"

话音未落,他忽然闻到背后飘来一阵充斥客厅的古龙水的气味。他用大拇指和食指捏住那杯热气腾腾的咖啡转过身,心想那个刚进来的幽灵般的人或许听到了他大不敬的话,感到忐忑不安。但是没有:虽然将军最后一次访欧是二十四年前青年时代的事,但欧洲给他的美好印象远比不快更深。因此,他首先朝外交官走去,对那个受宠若惊的英国人说:

"希望今年秋天海德公园的雾气不太浓重。"

外交官愣了片刻,因为近几天来他听说将军要去的三个不同的地方并没有伦敦。但他随即定下神。

"我们尽量设法让阁下白天黑夜都有阳光。"他说。

当选总统不在场,因为议会是缺席选举的,他从波帕扬前来至少要一个月。代表他的是当选副总统多明戈·凯塞多将军,人们说共和国的任何职务对他都嫌太小,因为

他的仪表风度像是国王。将军十分尊敬地招呼他,玩笑地说:

"您可知道我没有出国的许可吗?"

虽然大家都知道这句话不是玩笑,但还是引起一阵大笑。凯塞多将军答应在下一个邮班给他送一份正式护照到翁达。

官方送行的有总统代表的弟弟、本城的大主教,一些知名人士和高级官员,以及他们的夫人。文官穿骑马套裤,军人穿长靴,他们准备把这位被逐的大人物送出几里路。将军吻了大主教的戒指和夫人们的手,文质彬彬地同男士们握手,他是礼仪的绝对行家,不过在这个城市没有用武之地,他不止一次说过:"这里不是我显身手的地方。"他绕场一周,走到每个人面前时都招呼致意,说一句从礼宾手册里精心学来的客套话,但对谁都没有正视。他声音尖锐,因发烧而有些嘶哑,多年旅行和战争风云没能改变的加勒比口音在安第斯山区的土腔中间显得分外突出。

招呼完毕,他接过代理总统递给他的一封信,上面有许多新格拉纳达知名人士的签名,感谢他多年来为国家做出的贡献。大家默不作声,他虚应当地的形式主义,假装看了一遍,事实上他没戴眼镜,字写得再大也看不清。他

装模作样看完后,向送行的人简单说了几句表示感激的话,措辞得体,谁都不能说他根本没有看过信。最后他环视四周,急切地问道:

"乌达内塔没有来?"

代理总统告诉他说拉斐尔·乌达内塔将军为了支持何塞·劳伦西奥·席尔瓦将军的防范任务,率军跟在哗变部队后面走了。这时有人插嘴说:

"苏克雷也没有来。"

这句别有用心、不问自答的话不能不引起将军注意。他垂眉回避的眼睛这时闪发出灼热的光芒,不针对谁地回答说:

"为了不打扰阿亚库乔的大元帅,没有通知他出发时间。"

将军似乎还不知道苏克雷元帅并未完成委内瑞拉之行的使命,他的祖国没有准许他入境,两天前已经回来。没有人告诉他将军要走,也许大家都认为他一定会首先知道。何塞·帕拉西奥斯听到这事的时候正忙忙颠颠地做旅行的最后准备,一晃竟然忘了。当然,苏克雷元帅由于没有接到通知,心中不快的可能也不能排除。

隔壁的餐厅里,桌上已摆好丰盛的早餐:蕉叶玉米粽子、大米灌肠、炒鸡蛋、放在花边布巾上的花式甜面包、芳香扑鼻的又热又稠的巧克力。邸宅的男女主人虽然知道将军早上只喝一杯罂粟果壳和阿拉伯树胶的煎剂,还是推迟了开早饭的时间,希望将军能出席主持。堂娜阿玛莉亚留出上座的扶手椅,请他入席,但他婉言推辞了,客气地朝大家一笑说:

"我要赶长路,祝各位胃口好。"

他站直准备向代理总统告别,代理总统热烈拥抱了他,相形之下将军的身躯显得多么瘦小,临别时刻又是多么孤单和无能为力。然后他再次同所有的男人握手,吻了夫人们的手。堂娜阿玛莉亚试图挽留他,等到雨过天晴再走,尽管她跟将军自己一样清楚地知道这场雨简直会下到世纪末。再说,将军想尽早离开的心情显而易见,要拖住他简直是对他的冒犯。男主人在花园的蒙蒙细雨下陪他走到马厩。男主人伸出手指像是触摸玻璃器皿似的想搀扶他的胳臂,但吃惊地感觉到将军皮肤下面仿佛有一股同他荏弱的身体毫不相称的力量的潜流。等候他的政府、外交使团和军队的代表们大氅已被雨淋透,污泥直到脚踝,准备陪他赶第一天的路程。然而很难分清陪伴他的人中间哪些是出于友情,哪些是为了保护他,哪些只是想亲眼看到他确实离去。

有个西班牙商人被指控盗马,捐献了一百头牲口给政府,作为撤销对他的起诉的交换条件,其中最好的一头母骡被挑选出来充当将军的坐骑。将军一只靴子已伸进马夫扶着的马镫,陆海军部长突然招呼说:"阁下。"他一脚踏在马镫上,两手抓住座鞍,停了下来。

"留下来吧,"部长说,"为了祖国的安危,您最后牺牲一次吧。"

"不,埃兰,"将军回答说,"我已经没有可以为之牺牲的祖国了。"

一切就此结束。西蒙·何塞·安东尼奥·德拉桑蒂西马·特立尼达·玻利瓦尔 - 帕拉西奥斯将军一去不返了。他从西班牙统治下解放了五倍于欧洲面积的广大土地,为了维护它的自由和团结辗转奋战了二十个春秋,直到上星期还牢牢地掌握着治理权力,但在临行时刻,人们甚至不信他会走,这使他耿耿于怀。唯一清醒地知道他确实将离去并且知道他去向的,是那个英国外交官,他在给政府的正式报告中写道:"他的时间所剩无几,连到坟墓都很勉强。"

即使对于不像将军那样身患重病的人来说,第一天的行程也极不愉快,因为出发的那个早晨,圣菲街道上隐隐约约的敌对气氛使人情绪低落。蒙蒙细雨中天刚破晓,街上只见到几头失群的母牛,但是空气中都能觉察到敌人们的仇恨。政府做了充分估计,吩咐送行的人走最偏僻的街道,将军仍然看到修道院墙上涂写的辱骂的标语。

何塞·帕拉西奥斯策马在将军身边行进,即使在炮火纷飞的战场上,他身上的装束也一成不变:教士式的长大衣、插着黄晶别针的丝领结、山羊皮手套、锦缎坎肩口袋上交叉挂着两只一模一样的怀表的链条。他的马鞍镶有波托西的银饰,踢马刺是黄金打的,在安第斯山区的小村落里他曾不止一次被误认为是总统。然而他对将军无微不至的照顾和关心排除了一切混淆。他十分了解、爱戴将军，如今眼看将军无声无息地离开这个城市而感到痛心；换了以前，光是听到将军到达的消息就会举城若狂、热烈庆祝。三年前，将军在干旱的南方结束了战争，得到了任何当代或者历史上的美洲人从未有过的至高荣誉，胜利归来时，这个城市自发地举行了欢迎仪式，盛况空前。那些日子，老百姓在街上抓住他的马笼头，拦住他向他抱怨公共事业或者税收方面的问题，请求某些恩惠，或者仅仅想接近他的伟大光辉。他像对付国家大事那样重视群众的要求，对每个人的家庭生活、生意买卖和民间疾苦了解的深刻程度使人吃惊，同他说过话的人仿佛在片刻间分享到权力带来的快感。

谁都不会相信他就是当年的那个人，圣菲就是当年他像逃亡者那样偷偷离去、不再回来的那座沉寂的城市。僵化的小街两旁是一模一样的褐色屋顶的房子，僻静的园子里花香扑鼻，居民们过着宁谧的日子，他们矫揉造作的举止和拉迪诺方言掩饰的东西多于表露，将军置身此地觉得比在任何别的地方更陌生。当初他还没有到过这个雾气迷蒙、寒风袭人的城市，就选中它作为建立他的光荣事业的基地，因为他对它的偏爱超过任何别的城市，在他的理想中它是他生命的中心和寄托，也是半个世界的首都，现在这一切仿佛成了对他空想的嘲弄。

在结算总账的时刻，对将军的威信扫地最感到意外的是他本人。昨天下午，一伙愤怒的暴民处决了将军的模拟像，政府沿路设了关卡，即使最不危险的地点也派兵把守，防止暴民阻拦，可是一路上都能听到远处传来的呼喊声："独——夫！"唯一对将军表示同情的是一个妓女，她在将军经过时说：

"上帝保佑你，幽灵。"

大家装着没听见。将军阴郁地陷入沉思，对周围不闻不问，只顾赶路，来到了壮丽的大草原。在铺石公路开始的十字路口，曼努埃拉·萨恩斯单骑等候着将军一行，远远地挥手做最后的告别。将军也挥手回应，继续赶路。他们两人以后再没有见面。

不久后，小雨停息，天空一片亮蓝色，在剩下的路途中一直可以望见地平线上两座积雪的火山。但这次将军没有流露出他对大自然的激情，对他们一路小跑经过的村落和朝他们挥手招呼的陌生人都不予理会。陪伴他的人觉得最不寻常的是将军对草原上一群群放牧的骏马不加一顾，而他多次说过草原上的马群是他最爱看的景象。

他们在法卡塔蒂瓦镇上度过第一夜,将军和自发伴送他的人告别,带了随从继续上路。随从共五人。除了何塞·帕拉西奥斯以外,还有何塞·马利亚·卡雷尼奥将军,战时受伤截除了右臂;爱尔兰副官贝尔福德·欣顿·威尔逊上校,是参加过几乎所有欧洲战争的老将军罗伯特·威尔逊爵士的儿子;有中尉军衔的副官和书记员费尔南多,他的父亲是将军的哥哥,在委内瑞拉第一共和国时期死于海难;将军的亲戚和副官安德烈斯·伊巴拉上尉,两年前的九月二十五日将军遭到袭击时,他右臂挨了一刀落了残废;第五个是独立战争中久经考验的何塞·德拉克鲁斯·帕雷德斯上校。卫队是从委内瑞拉军队里挑选出来的一百名最骁勇的轻骑兵和投弹手。

何塞·帕拉西奥斯还特地带上在上秘鲁战争中缴获的两条狗。那两条狗漂亮勇敢,圣菲时期在政府大楼守夜,将军遭暗算的那个晚上它们另外两个伙伴被刀捅死。从利马到基多,基多到圣菲,圣菲到加拉加斯,以及回基多和瓜亚基尔的无休无止的旅途中,两条狗始终随着马队前后奔跑,照看驮运的行李。这次从圣菲到卡塔赫纳的路上,它们仍然如此,不过这次行李不多,士兵也可以照看。

将军在法卡塔蒂瓦起身时情绪不佳,但沿着山峦起伏的一条小道下到平原后,气候逐渐温和,阳光也不那么强烈,他的情绪随之好转。随从人员怕他过于劳累,几次请他稍事休息,他却主张不吃午饭,一口气赶到暖和的地带。他常说在马背上有利于思考,行军时他常常日夜不停地骑马,只不过勤换坐骑,以免累垮牲口。他的腿像老骑手那样成罗圈形,走路的姿势像是睡觉也不脱掉马刺的人,肛门周围长了老茧,和理发师的磨刀皮带一般厚,因而得了"铁屁股"的光荣称号。独立战争以来,他骑马跑了一万八千多里[①],比绕地球两周还多。谁都不怀疑他能在马背上睡觉的传说。

中午过后,峡谷里升起的热气已很明显,他们在一个修道院的回廊里歇歇脚。院长亲自出来接待,一群新入教的本地修女分发刚出炉的玉米面包和快发酵的玉米楂子熬的粥。修道院长见了汗水淋漓、衣着杂乱无章的先头部队,或许因为威尔逊上校年轻漂亮,头发金黄,军服上的绶带比较多,便把他当成级别最高的军官,只顾招呼他一个人,富于女人味儿的恭顺引起了不少调侃。

何塞·帕拉西奥斯乐得将错就错,利用这一机会让将

---

① 此处是西班牙里,1 里合 5572.7 米。下文同。

军在修道院的木棉树荫下休息,用羊毛毯裹住他,发汗退烧。他没有进食,也没有入睡,只是迷迷糊糊地听着小修女们在一个年长修女竖琴的伴奏下唱一些不伦不类的情歌。最后,一个小修女端着一顶帽子在回廊里挨个替修道院募捐。弹竖琴的修女在她经过时嘱咐说:"别问那个生病的要。"小修女不听,还是走到将军面前。将军看都不看她,苦笑着说:"我自己现在也要靠人施舍呢,小妹妹。"威尔逊把自己的一个钱包全给了她,慷慨的程度引起将军善意的取笑:"你现在看到光荣的代价了吧,上校。"威尔逊后来说,在修道院和以后的路上竟然没有一个人认出美洲几个新建共和国的最著名的人物,使他惊讶不已。对于将军本人来说,这无疑也是一个奇怪的教训。

"我已不是过去的我了。"他说。

第二天晚上,他们在离瓜杜阿斯镇不远的一个由旧烟厂改建的客栈过夜,瓜杜阿斯为将军准备了一个带有安慰性质的聚会,但将军不愿参加,去受那份活罪。客栈的房子大而无当,阴森森的,周围的植物狰狞可怖,湍急的黑水河向温暖地带的香蕉园倾泻,发出摧枯拉朽的轰响,引起一种奇特的忧伤感。将军熟悉这一带,第一次经过这里时就说:"假如我布置伏击,我就选这个地点。"以后有好几次他尽量避开走这条路,因为这里使他联想到去基多路上一个险恶的关隘贝鲁埃科斯,即使最大胆的旅人也竭力避而远之。还有一次,他不顾大家的意见,在两里路以外就扎营歇夜,因为他认为这种凄伤的景色难以忍受。但是这次尽管疲劳发烧,他却觉得这个地方比瓜杜阿斯不幸的朋友们为他准备的带有哀悼意味的盛宴更易于忍受。

客栈老板见他那副狼狈相,建议请附近教区的一个印第安人,据说此人只要闻闻病人衬衣的汗味就能治病,不管离得多远,有没有见到病人。将军取笑客栈老板的轻信,禁止他手下的人同那印第安人打交道。他一向不相信医生,常说医生的买卖建筑在别人痛苦的基础上,当然更不能指望他把命交给一个教区的巫师。为了进一步表明他对医学的蔑视,他不睡在适合他身体状况的卧室里,吩咐把吊床挂在面对峡谷的阳台上,露宿过夜。

除了清晨的那杯煎剂外,他整天没有进食,但出于礼貌,还是同军官们一起坐在饭桌旁。尽管他比谁都更适应艰苦的军旅生活,在吃喝方面和苦行僧相差无几,但他像高雅的欧洲人一样,喜爱并了解酒类和烹饪,第一次旅欧回来之后,他从法国人那里学到了在餐桌上谈论烹饪的习惯。那天晚上,他喝了半杯红葡萄酒,尝了一点炖鹿肉,一方面是出于好奇，另一方面是想证实客栈主人的介绍和军官的评价：发磷光的鹿肉有股茉莉香气。旅途中他没精打采，很少开口，晚饭时也只说了两句话，但是他在身处逆境、健康情况又很糟的时候仍彬彬有礼地努力使气氛愉快一些，大家都很领情。他再也不谈政治，也不提星期六的事件，他是一个感情受了伤害，多年后仍怨气十足、耿耿于怀的人。

大伙还没有吃完，他道了歉先离开饭桌，穿好睡衣，戴上睡帽，打着寒战，倒在吊床上。夜晚很凉爽，山峦间升起一轮橙黄色的大月亮，但他没有兴致赏玩。待在阳台附近的护卫士兵开始合唱流行的民歌。他以前做过一个规定，卫队要像尤利乌斯·恺撒的军团那样，在他寝处附近扎营，将军从他们夜间谈天中可以了解他们的思想情绪。他晚上失眠时常常逛到野营宿舍，不止一次同士兵们唱到天亮，歌词是在聚会的热烈气氛下即兴编出来的赞颂或者戏谑。可是那晚的歌声使他心烦，他便吩咐他们住声。河水在岩石间激起的喧闹由于他发烧而显得更响，吵得他简直要发狂。

"婊子养的！"他嚷道，"哪怕能让它停一分钟也好！"

但是不：他无力阻止河水的奔流。何塞·帕拉西奥斯想替他在箱里找些药,让他吃了平静一些,然而他拒绝了。帕拉西奥斯首次听到他以后一再重复的话:"我由于吃错了一帖催吐剂丢了权力,现在可不愿意再丢了性命。"几年前,一个医生用含砷的汤药治他的间日热,害得他腹泻不止、几乎送命,他说过类似的话。此后他只接受泻丸,每周数次,治他的顽固性便秘,更严重时就用山扁豆灌肠剂。

午夜过后,何塞·帕拉西奥斯被将军的谵妄搞得疲惫不堪,躺在光砖地上就睡着了。他醒来时,一看将军不在吊床上,汗水湿透的睡衣脱在地上。这种情况并不稀罕。将军有个习惯,遇到失眠而屋里又没有别人时,就下床光着身子走来走去直到天亮。可是那晚叫人担心,因为白天情况已经不好,晚上又凉又潮,露天散步可不是闹着玩的。何塞·帕拉西奥斯拿起一条毯子在月光如水的屋子里找他,发现他躺在走廊靠墙的石凳上,仿佛一具安放在棺材上的石像。将军转过身,目光炯炯有神,丝毫没有发过烧的迹象。

"又跟圣胡安·德帕亚拉那个晚上一样,"他说,"可惜的是没有雷娜·玛丽亚·路易莎。"

何塞·帕拉西奥斯很熟悉那段往事。将军指的是一八二〇年一月份的一个晚上,当时他率领了两千名士兵来到委内瑞拉阿普雷高山平原一个荒凉的地方。那时他已经从西班牙统治下解放了十八个省份,把以前由新格拉纳达总督管辖的地区、委内瑞拉特别自治区和基多共和国合并建立了哥伦比亚共和国,自己担任共和国第一任总统和军队总司令。他的最终目的是把战争引向南方,实现他创立一个疆土从墨西哥延伸到智利合恩角的世界上最大的自由统一国家的愿望。

但是那晚他面临的军事形势对他的梦想并不有利。行军途中,牲口突然传开一场瘟疫,倒毙的马匹在草原上留下一溜十四里长的恶臭的尸体。不少军官灰心丧气,不听指挥,从掳掠中寻求安慰,有的甚至对将军要枪毙违纪军人的威胁加以嘲笑。两千名士兵光着脚,衣衫褴褛,没有武器,没有粮食,没有御寒的毯子,对战争感到厌倦,不少人病倒,开始大批大批地开小差逃跑。将军想不出好的解决办法,便下令每抓到一个逃兵就给巡逻队十比索奖赏,逃兵不问原因一律处决。

生活使他有理由相信他的厄运并未完结。两年前,他打了败仗,带领残部退到奥里诺科河边的丛林里,下令宰马充饥,以免士兵们吃人肉。根据当时英国军团一个军官的证言,将军一副落魄潦倒的模样,像是个游击队员。他头戴俄罗斯龙骑兵的盔帽,脚穿马夫的草鞋,身上是一件缀有红穗饰、金纽扣的蓝色军服,长矛上挂着一面有骷髅和交叉腿骨的海盗黑旗,上面还有血书的口号:"不自由毋宁死。"

在圣胡安·德帕亚拉的那个晚上,他的装束不那么落魄,情况却不乐观。那不但反映了他部队的暂时处境,也反映了解放军的整个悲剧:遭到惨败后多次东山再起,但已成强弩之末,在众多胜利的负担下快给压垮了。而西班牙的堂巴勃罗·莫里略将军拥有制伏爱国者和重建殖民秩序的手段,仍旧控制着委内瑞拉西部的广大地区,在山里壮大势力。

面临这种形势,将军晚上失眠,光着身子在庄园老宅月光明亮的空旷房间里踱来踱去。前一天病死的马匹大多已在离住处很远的地方焚化,可是腐臭的气味仍难以忍受。经过上周的九死一生,士兵们没有兴致再唱歌了,将军本人看到饿得浑身无力、在打瞌睡的哨兵也不忍干涉。突然间,他在面对蓝色平原的走廊尽头发现雷娜·玛丽亚·路易莎坐在台阶上:一个漂亮的黑白混血妙龄少女,轮廓仿佛是雕像,全身连脚都裹在一条绣花的大披肩里,正抽着一支大雪茄烟。她见了将军大吃一惊,把食指和大拇指交叉成十字架对着他。

"你是天使还是魔鬼,"她说,"你要干什么?"

"我要你。"他说。

将军笑了,月光下闪闪发亮的牙齿使她以后久久不能忘怀。他使出全身气力抱住她不让她动弹,不停地吻她的额头、眼睛、面颊和脖子,终于使她屈服。他解开披肩,倒抽了一口气。她也是一丝不挂,因为和她睡在同一个房间的祖母不让她晚上起来抽烟,把她的衣服全脱光,却不知道她清晨裹了一条披肩偷偷地溜了出来。将军把她抱到吊床上,一直吻她,不给她喘息的机会,她的顺从不是出于情欲,而是由于恐惧。她还是个处女。事毕后,她定下神时才说:

"我是个奴隶,老爷。"

"你现在不是了,"他说,"爱情已经给了你自由。"

早晨,他从羞涩的钱囊中取出一百比索给庄园主人为她赎身,无条件地解放了她。出发之前,他忍不住要当众给她出个难题。当时他在房子的后院,同一群胡乱找了一些没有染上瘟疫的驮马充当坐骑的军官在一起。前一晚,何塞·安东尼奥·派斯少将率领一支队伍来到,现在已集合好准备同他们告别。

将军做了简短的告别演讲,把严峻的形势说得缓和一些,他正要动身时见到了刚获得自由的、破了身的雷娜·玛丽亚·路易莎。她洗了澡,穿着浆洗干净的奴隶们的花边衬裙和小衬衫,一身莹白,在平原的阳光下显得美丽而容光焕发。他愉快地问她:

"你打算留下来,还是跟我们一起走?"

她妩媚地一笑回答说:

"我留下来,老爷。"

这个回答引起在场的人一阵大笑。庄园的主人是一开始就支持独立战争的西班牙人,也是将军的老相识,笑得前仰后合,把装着一百比索的皮口袋抛给将军。他在空中接住。

"留给独立事业吧,阁下,"庄园主说,"不管怎么样,那姑娘是自由人了。"

何塞·安东尼奥·派斯将军穿着一件打补丁的花衬衣,同他那副神话中半人半羊的农牧神的表情很相配,他笑得特别高兴。

"您瞧,将军,"他说,"我们身为解放者,当然会遇到这种事情。"

将军点点头,然后朝周围一挥手向大家告别。最后情意绵绵地对雷娜·玛丽亚·路易莎说了再见,以后再也没有听到她的消息。据何塞·帕拉西奥斯回忆,以后每逢月圆之夜,将军总是说那晚的情景历历在目,但遗憾的是再没有雷娜·玛丽亚·路易莎奇迹般的出现。那些夜晚总是将军遭到挫折的时候。

早上五点钟,何塞·帕拉西奥斯替将军端来煎剂时,见他睁着眼躺在吊床上。他猛地想起身,几乎摔倒,由于使劲太大,引起一阵剧咳。他坐在吊床上,双手捧着头,直到咳嗽停息。然后他开始喝那滚烫的煎剂,刚喝第一口,情绪马上好转。

"我整夜都梦见卡桑德罗。"他说。

他私下里用卡桑德罗这个名字称呼新格拉纳达的弗朗西斯科·德保拉·桑坦德将军。桑坦德是他以前的好朋友,也是他一辈子的死对头,战争开始后担任将军的参谋长,在解放基多和秘鲁以及建立玻利维亚的艰苦岁月中担任哥伦比亚临时总统。由于历史的迫切需要,而不是由于志趣,他成了一个干练勇敢的军人,残酷得有点出奇,但使他保持荣誉的是他在民政方面的长处和高度的学术修养。论对独立事业的贡献,他无疑数得上第二;在共和国的法制建设方面,他则首屈一指,他的循规蹈矩和保守精神给了共和国不可磨灭的影响。

将军屡屡想辞职,有一次对桑坦德说他可以放心离开总统职位,因为"我把它留给你,你是另一个我,甚至比我更出色"。出于理智或现实的考虑,将军对桑坦德的信任超过其他任何人。将军给了他"法治典范"的称号。然而赢得这些荣誉的桑坦德两年前由于被指控与加害将军的阴谋有牵连,虽然查无实据,已被放逐到巴黎。

情况是这样的:一八二八年九月二十五日,星期三午夜,十二个平民和二十六个军人冲进圣菲的政府大楼,杀掉总统四条猎犬中的两条,伤了好几名哨兵,用佩刀严重砍伤安德烈斯·伊巴拉上尉的一条胳臂,一枪打死了苏格兰籍上校威廉·弗格逊,弗格逊是英国军团的成员和总统的副官,曾被总统夸奖像恺撒那么勇敢。暴徒们高呼自由万岁、打倒暴君的口号闯到楼上总统的寝室。

暴徒们的借口是三个月前将军为了抹杀桑坦德派在奥卡尼亚国民大会上的胜利,行使了带有明显的独裁性质的特别权力。桑坦德担任六年之久的共和国副总统职位被取消。桑坦德以他特有的风格把这件事写信告诉了他的一个朋友:"我很荣幸地被埋在一八二一年宪法的废墟之下。"当时他三十六岁。他被任命为驻华盛顿的全权公使,但几度推迟赴任行期,也许是在等待阴谋的成功。

将军和曼努埃拉·萨恩斯那晚刚开始言归于好。他们在离圣菲两里半路的索阿恰镇上度周末,经过一场比往常激烈的争吵后,分乘两辆马车回来,争吵的起因是大家都在谈论暗害将军的密谋,他却不信,对别人的通风报信置之不理。他在圣卡洛斯宫给对街的曼努埃拉住所捎去几次口信,曼努埃拉就是不来,到了晚上九点钟,接连三次紧急口信,她才穿上防水套鞋,头上包了一条大围巾,在滂沱大雨中过街。她发现何塞·帕拉西奥斯不在屋里,将军一人仰面躺在浴缸的草药香汤里,假如不是常见他那副出神冥思的模样,还会以为他已经死了。将军从脚步声辨出了她,没睁眼睛说:

"快发生叛乱了。"

她没好气地带着讥讽的口吻说:

"那敢情好。也许会有十次之多,因为你太重视他人的警告了。"

"我只相信征兆。"他说。

他的参谋长把当晚的口令告诉了阴谋分子,让他们混过政府大楼的警卫,但对将军保证说阴谋已经挫败,将军信以为真,所以有兴致开玩笑。他高高兴兴从浴缸里起来。

"放心吧,"他说,"看来那些浑蛋已经吓破胆啦。"

他光着身体,她宽衣解带,两人刚开始在床上调笑,就听到了最初的喊声、枪声和叛乱分子朝军营开炮的轰响。曼努埃拉赶快帮将军穿上衣服,把自己的套鞋给了他,因为将军唯一的一双靴子送去擦油了,再递给他一把马刀和一支手枪,帮他从阳台逃出去,来不及找防雨工具了。他到了街上,看到一个人影走近,便举着扳起击铁的手枪喝道:"是谁?"是将军的点心师,他听说将军已遭杀害,悲痛地正要回家。点心师决心和将军共生死,陪着他躲在圣阿古斯丁河卡门桥下的荆棘丛里,直到忠于将军的部队平息叛乱。

曼努埃拉·萨恩斯在紧急关头表现了一贯的勇敢和机智,开门放进了暴徒。他们问她总统在哪里,她说在会议厅。他们问她晚上这么冷为什么开着阳台门,她说街上乱哄哄的,打开门看看是怎么一回事。他们问她床铺为什么有热气,她说她没脱衣服躺在床上等总统。她一面不慌不忙地回答,拖延时间,一面猛抽车夫们抽的最次的雪茄,大口大口地喷烟,掩盖屋子里残存的古龙水的气味。

由拉斐尔·乌达内塔将军牵头的军事法庭认定桑坦德将军是阴谋的幕后策划者,判了他死刑。他的敌人们说他死有余辜，不仅因为他对暗害阴谋应负责任，而且因为他厚颜无耻，居然第一个出现在广场上和将军拥抱，祝贺将军死里逃生。将军在细雨中骑着马，上衣撕破湿透，士兵和郊区赶来的老百姓夹道欢迎，高呼要处死暗杀者。"所有的同谋或轻或重都将受到惩处，"将军写信给苏克雷元帅说，"桑坦德是主犯，但也是最幸运的，因为我的宽厚保护了他。"将军确实行使了他的独断权力，把死刑减为放逐到巴黎。然而因卡塔赫纳的一次未遂军变被关押在圣菲的海军上将何塞·普鲁登西奥·帕迪亚没有充分证据定罪却被处决。

何塞·帕拉西奥斯不知将军梦见桑坦德到底是真是假。有一次在瓜亚基尔，将军说梦中见到桑坦德把一本书摊在他滚圆的大肚子上，不是翻着书页阅读，而是一页一页地撕下来，像山羊啃草似的咔嚓咔嚓吃得津津有味。另一次在库库塔，梦见桑坦德身上爬满了蟑螂。还有一次，他在圣菲的蒙塞拉特乡间别墅大叫大嚷地醒来，说是梦见同桑坦德将军两人一起吃饭，桑坦德嫌眼睛碍事，把眼珠抠出来放在桌上。如今他们在离瓜杜阿斯不远的地方，将军一大早说又梦见了桑坦德，何塞·帕拉西奥斯根本不问他梦中情景，只是用现实来安慰将军。

"他同我们隔着一个海呢。"帕拉西奥斯说。

但将军立即目光炯炯地止住了他。

"现在已不是这样了,"他说,"我敢担保,华金·莫斯克拉那个笨蛋准会让他回来。"

自从上次回国以后,这个念头一直折磨着他,永远放弃权力对他来说仿佛是个颜面问题。"我宁愿流放或者死掉,也不愿把我的光荣交给圣巴托洛梅学院的那些家伙。"他曾对何塞·帕拉西奥斯说过。但是解毒剂本身就含有毒素,随着最后决定的日益临近,他越来越肯定只要他一走,准会召回流放的桑坦德将军——那个讼师窝里最出色的毕业生。

"那个家伙确实是个老狐狸。"将军说。

他的热度全退了,自我感觉良好,向何塞·帕拉西奥斯要了纸笔,戴上眼镜,亲手写下一封六行的信给曼努埃拉·萨恩斯。他冲动的性格何塞·帕拉西奥斯再熟悉不过了,可是这一回却叫他摸不着头脑,只能解释为难以克制的征兆或者突发的灵感。上星期五将军下决心说以后再也不写信了;平常想起要处理未复的信件,口授公告,或者把他失眠时杂乱无章的念头理出一个头绪时,不论几点钟,他总是把书记员叫起来,而现在的做法同他的决心和习惯相矛盾。更让人摸不着头脑的是那封信显然并不紧急，无非是在他的临别嘱咐之外加一句隐晦的话："你行事要谨慎，不然会害你自己也害我们两个人。"信中的口气大大咧咧，似乎不假思索，最后，将军手里拿着信，出神地在吊床上晃悠。

"伟大的权力存在于爱情不可抗拒的力量中，"他突然叹息说，"这句话是谁说的？"

"没人说过。"何塞·帕拉西奥斯答道。

何塞·帕拉西奥斯不识字，也不愿意学习，简单的理由是他的智力不比毛驴高多少。可是他有个特点，偶然听到一句话都能牢记不忘，将军问的那句话却毫无印象。

"那就是我说的，"将军说，"不过也许是苏克雷元帅说的。"

将军心烦意乱的时候，谁都不如费尔南多得心应手。将军众多的书记员中间，费尔南多虽然不聪敏过人，但最乐于效劳，最有耐心，不论工作时间多么别扭，将军失眠之后脾气多么暴躁，他都毫无怨言。将军会随时把他叫醒，让他朗读一本枯燥乏味的书，或者记下临时想到的紧急事情，第二天却给扔进了废纸篓。将军无数的做爱之夜并没有留下子女（尽管据说他能证明自己有生育能力），他哥哥死后，费尔南多便由他监护。将军大力推荐他去乔治敦的军事学院，该院的拉斐特将军对他的叔父十分钦佩尊敬。后来又上了查洛特维尔的杰弗逊学院和弗吉尼亚大学。费尔南多也许不是将军理想的继承者，因为学院的一套使他厌烦，而他更喜欢户外生活，搞些园艺。学业一结束，将军把他召到圣菲，立刻发现了他作为书记员的才能，不仅因为他写得一手好字，英语说写流利，而且因为他有别出心裁的写作技巧，能牢牢抓住读者的注意力；高声朗诵时能即兴编出大胆的插曲，把一些沉闷的段落念得有声有色。像将军手下所有的工作人员一样，费尔南多也有倒霉的时候，有一次他把雅典雄辩家德摩斯梯尼的一句话说成是出自罗马演讲家西塞罗之口，他的叔父在一篇讲话中以讹传讹。由于亲戚关系，将军对他的要求比对谁都更严格，不过在惩罚结束之前就原谅了他。

省长华金·波萨达·古铁埃雷斯提前两天出发，沿途通知将军一行可能歇夜的地点，让地方当局知道将军病情严重。但人们传说省长散播的坏消息和将军出国之事无非是政治花招，星期一下午见到将军到达瓜杜阿斯的人都认为此言不虚。

将军再次表明他是不会垮的。他在欢呼、鞭炮和压过音乐的教堂钟声中从大街进镇，敞开前襟，头上扎着一条吉卜赛人的汗巾，挥动帽子向人们致意，胯下的骡子跑得很欢，冲淡了队伍的庄严气氛。镇上唯一紧闭窗户的房屋是修女学校，当天下午就传说学校禁止修女们上街欢迎，不过将军劝那些向他提这件事的人别相信修道院的流言蜚语。

前一晚，何塞·帕拉西奥斯把将军发烧汗湿的衬衫送去洗涤。勤务兵把它交给河边的士兵，让他们清晨时在河里洗一下，但临行时谁都不知道衬衫的下落。在去瓜杜阿斯的路上和欢迎期间，何塞·帕拉西奥斯查明是客栈主人拿走了那件没有洗过的衣服让印第安巫师显示他的法力。将军回来时，何塞·帕拉西奥斯向他汇报了客栈主人的胡作非为，并且告诉他除了身上穿的那件之外，没有别的衬衫了。将军无可奈何地说：

"迷信比爱情更不可救药。"

"奇怪的是从昨晚开始咱们不再发烧了，"何塞·帕拉西奥斯说，"也许那个巫医真有点本领？"

他没有立即回答，在吊床上摇晃着沉思冥想。"我头也没有再痛过，嘴里也不发苦，也没有晕眩的感觉。"最后他在膝盖上拍一巴掌，果断地站起来。

"你别再给我头脑里添乱啦。"他说。

两个仆人把一大锅煮着芳香药草的开水抬进卧室,何塞·帕拉西奥斯替将军准备好晚间的洗澡水,心想将军白天赶路劳累,很快就要上床睡觉。但将军口授了一封给加夫列尔·卡马乔的信,水凉了还没有洗。卡马乔是将军侄女巴伦蒂娜·帕拉西奥斯的丈夫,也是将军在加拉加斯的代理人,负责出售将军从兄长那里继承的阿罗阿铜矿。将军似乎对自己的去向还不清楚,一会儿说等卡马乔的事办完后他就去库拉索岛,一会儿又请卡马乔写信到伦敦由罗伯特·威尔逊爵士转交,同时寄一个副本给牙买加的麦克斯威尔·希斯洛普先生,即使一封遗失,还有一封可以收到。

在许多人,尤其是将军的秘书和书记员看来,阿罗阿铜矿只是他发高烧时的呓语。他一向不大注意那项产业,也没有委托专人管理。如今他穷途末路,钱不够用了,方才想起那个矿,可是由于产权不清,不能卖给一家英国公司。一场旷日持久的法律纠葛就此开始,在他去世后两年才解决。在连绵的战事、政治争吵和个人钩心斗角期间,将军每提到"我的诉讼"时,大家都明白他的意思,因为除了阿罗阿铜矿之外,他没有别的财产官司。他在瓜杜阿斯口授给堂加夫列尔·卡马乔的信,给了他侄子费尔南多一个错误的印象,认为在诉讼解决之前他不会去欧洲。费尔南多同别的军官玩纸牌时谈起此事。

"那么说我们一辈子都去不成了,"威尔逊上校说,"我父亲甚至怀疑那个矿是否存在。"

"你没有见到矿,不能说矿就不存在。"安德烈斯·伊巴拉上尉反驳说。

"确实存在,"卡雷尼奥将军说,"在委内瑞拉省。"

威尔逊不高兴地说:

"那我对委内瑞拉是否存在也发生怀疑了。"

威尔逊无法掩饰他的不快。他认为将军对他并无好感,只因为他父亲的关系才把他留在侍从队,他父亲在英国议会中为美洲解放竭力辩护,将军特别感激。以前一个法国副官搬弄是非,说将军说过:"威尔逊还得在困难、逆境和艰苦的学校里锻炼锻炼。"威尔逊上校没有机会核实将军是否说过这种话,不过总认为光凭他参加过的一次战役,他早就从这三个学校毕业了。他二十六岁,八年前在威斯敏斯特和桑德赫斯特结束学习后,老威尔逊派他追随将军。胡宁之役,威尔逊是将军的副官,从楚基萨卡骑骡赶了三百六十里山路,把玻利维亚宪法草案送到拉巴斯的就是他。临行前,将军嘱咐他最迟要在二十一天内赶到拉巴斯。威尔逊立正说:"我保证二十天内赶到,阁下。"事实上他十九天就到了。

他决定随将军一起回欧洲,但越来越相信将军总会找出一个新的理由推延行期。两年多以前,阿罗阿铜矿就已不足以成为借口,现在又旧事重提,真让威尔逊泄气。

口授完那封信之后,何塞·帕拉西奥斯把洗澡水重新烧热,但将军仍不洗澡,继续踱来踱去,背诵那首小女孩的诗,声音之响整个屋子里都能听到。接着又背诵他自己写的、只有何塞·帕拉西奥斯熟悉的诗。他几次经过回廊,军官们在回廊里玩一种当地叫作"脱袍"的西班牙加利西亚的牌戏,他自己以前也玩过。他在每个人背后看一会儿,对牌局的形势发表几句评论,然后继续踱步。

"这种玩法太没有意思了,简直是浪费时间。"他说。

但是他再转回来时,忍不住要伊巴拉上尉起来,让他玩几盘。他牌品不好,斤斤计较,一输就沉不住气,不过反应很快,出牌也狡猾,足以同他手下的军官们一争短长。这次他同卡雷尼奥将军搭档,玩了六盘,全输了。他把牌往桌上一扔。

"这种玩法太差劲,"他说,"谁敢玩三人牌戏?"

三个人入局了。将军连赢三盘,情绪好了一些,开始取笑威尔逊玩这种牌并不高明。威尔逊也不争辩,只是趁他兴奋的时候钻了空子,不再输了。将军紧张起来,抿紧苍白的嘴唇,蓬乱眉毛底下深陷的眼睛露出往时凶狠的神情。他不再说话,一阵剧咳使他思想不能集中。十二点敲过,他叫暂停。

"整个晚上都有股贼风。"他说。

他们把桌子挪到一个避风的地点,但他还是输。附近一个聚会已经结束,但仍有人在吹高音笛,将军派人吩咐他们别吹了,笛声和蟋蟀的鸣叫还是喧闹。他换了座位,椅子上垫一个枕头,坐得高些、舒服些,他喝了一杯椴树花煎剂减轻咳嗽,拿着牌从回廊一头走到另一头,手气依然不好。威尔逊充血的蓝眼睛直盯着他,他看都不看。

"这副牌做了记号。"他说。

"这是您的牌。"威尔逊说。

确实是他的牌,他逐张检查,最后换了一副新牌。威尔逊没给他喘息的机会。蟋蟀鸣声停息了,只有一阵潮湿的微风把热烘烘的盆地气息带进回廊,这时鸡啼了三遍。"这只鸡疯了,"伊巴拉说,"现在刚过两点钟。"将军眼睛盯着手里的牌,粗声粗气地命令说:

"谁都不准离开,妈的!"

大家不作声。卡雷尼奥将军玩得兴趣索然,只有干着急;他想起他一生中最长的一夜,那是两年前在布卡拉曼加等待奥卡尼亚国民大会结果的那个夜晚。他们从晚上九点开始,一直玩到第二天上午十一点,最后牌友们商量好让将军连赢三盘才完事。卡雷尼奥担心那场戏在瓜杜阿斯重演,朝威尔逊上校使个眼色要他故意输。威尔逊不理他。后来威尔逊要求暂停五分钟去方便方便,卡雷尼奥跟着他穿过阳台,看到他朝种着天竺葵的花盆撒尿,宣泄怨气。

"威尔逊上校,"卡雷尼奥将军下令说,"立正!"

威尔逊头也不回说:

"等我尿完。"

他不慌不忙撒完尿,转过身把裤子扣好。

"你得开始输,"卡雷尼奥将军吩咐他,"就算是对一个遭到不幸的朋友的照顾吧。"

"我对谁都不愿意干这种带侮辱性的事情。"威尔逊的回答带有讽刺口气。

"这是命令!"卡雷尼奥说。

威尔逊保持立正的姿势,轻蔑地瞅着他。回到牌桌之后,他果真开始输了。将军有所觉察。

"我亲爱的威尔逊,不必打得这么臭,"他说,"不过我们大家也该睡觉了。"

他离开牌桌时像往常一样同大家紧紧握手,表示玩牌并没有伤感情,然后回到自己的寝室。何塞·帕拉西奥斯躺在地下已经睡着了,不过将军进屋时,他一骨碌爬了起来。将军匆匆脱掉衣服,光着身子往吊床上一躺,心情久久不能平静,呼吸也越来越粗。他躺进浴缸时,浑身索索发抖,但不是因为发烧或者发冷,而是因为生气。

"威尔逊太狡猾了。"他说。

那晚是他身体情况最糟糕的夜晚之一。何塞·帕拉西奥斯不顾他的禁止,通知了军官们,必要时去请医生,同时用被单裹住他的身体,让他发汗。他换了好几条湿透的被单,间歇稍有好转,随即又陷入幻听幻视的危象。他几次大喊:"叫那些人别吹笛子啦,妈的!"但谁也无能为力,因为午夜以后笛声就停息了。后来他又找到了害他生病的罪魁祸首。

"我本来好好的,"他说,"全怪那个闻衬衫治病的印第安浑蛋。"

到翁达的最后一程是令人提心吊胆的山路,空气稀薄,将军折腾了一夜,全凭坚强的体魄和毅力才顶住。一开始上路,他就从惯常的位置退下来,和威尔逊上校并辔而行。威尔逊明白将军的意思是要他忘掉牌桌上的不快,便像饲养猎鹰的人那样伸出前臂让将军扶着。两人就这样下坡,威尔逊上校受宠若惊,将军使出最后的气力,呼吸急促,但马上功夫一点也不含糊。最陡峭的一段路走完之后,将军的声音恍同隔世,问道:

"伦敦怎么样啦?"

威尔逊上校望了望几乎升到天顶的太阳,回说:

"不好,将军。"

他并不感到奇怪,用同样的声音又问:

"那是为什么?"

"因为伦敦现在是下午六点钟,一天当中最坏的时候,"威尔逊说,"此外,现在多半在下雨,又脏又黏糊,像池塘里的水,我们那里春天最差劲。"

"莫非您已经克服了怀乡病?"他说。

"恰好相反:是怀乡病压倒了我,"威尔逊说,"我现在已经无力抵抗了。"

"那您到底想不想回去?"

"我不知道,将军,"威尔逊说,"我身不由己。"

他盯着威尔逊的眼睛,诧异地说:

"身不由己的是我。"

他再开口说话时,声音和情绪都变了。"别担心,"他说,"不管怎么样,我们要去欧洲,至少好让您父亲再见到您,高兴高兴。"他沉吟了好久,又说:

"亲爱的威尔逊,最后请允许我讲一件事:说您什么都行,可是狡猾同您沾不上边。"

威尔逊上校已经习惯于将军玩牌争吵或者打了胜仗之后的赔礼,不过再一次被将军软化了。美洲最光荣的病人发烫的手像驯鹰似的抓着威尔逊的前臂,继续缓缓行进,这时空气仿佛开始沸腾,一些啄食尸体的禽鸟在他们头顶上空盘旋,他们不得不像赶苍蝇似的哄赶那些鸟。

在最崎岖的下坡路上,他们遇到了一群印第安人,他们背负的椅子上坐着一批欧洲旅客。快到平地的时候,一个骑手突然风风火火地从后面超过他们。那人戴着红色的尖顶帽,几乎把脸遮没,扬鞭催马,差点没把伊巴拉上尉的骡子惊得滚下坡去。将军朝那骑手喝道:"你瞧着点,浑蛋!"将军一直盯着,直到骑手在第一个拐角消失,但是当他在山下每个转弯处重新出现时,将军仍旧恨恨地望着。

下午两点钟,他们登上最后一座小山,一片闪烁的平原展现在他们眼前,远处就是那座赫赫有名的翁达城,一条卡斯蒂利亚式的石桥横在泥泞的大河上,毁于一次地震的城墙和教堂钟楼破败不堪,死气沉沉。将军凝视着山谷,脸上毫无表情,只是恨恨地眺望那个戴红帽的骑手,此时他已飞快地过了石桥。将军又突发奇想。

"慈悲的上帝,"他说,"他这么死赶活赶,唯一的解释是给卡桑德罗送信,通知他说我们已经走了。"

尽管事先已经通知将军抵达时不要组织群众欢迎,仍有一支光鲜的马队在港口迎接,波萨达·古铁埃雷斯省长还准备了一支乐队和三天焰火。将军一行还没有到商业区,一场大雨就打乱了庆祝活动。这场雨下得比往年早,来势凶猛,把铺街石都翻起冲走,贫民区淹了水,气温却毫不减退。在乱哄哄的招呼声中,有人说了一句老掉牙的蠢话:"我们这里太热了,母鸡下的蛋都是熟的。"以后三天里,灾难性的天气没有任何改变。昏昏沉沉的午睡时间,山那面降下一片乌云,笼罩在城市上空,随即下起瓢泼大雨。然后又是骄阳当空,和先前一样毒辣,市民组织的抢修队正清理街上的残砖断瓦,早晨的乌云又开始在山头汇合。不论白天黑夜,室内户外,似乎都可以听到热气吱吱发响。

将军发着烧,几乎支撑不到官方的欢迎仪式结束。市府大厅里的空气热得要沸腾,他一反常规,坐在扶手椅上讲了话,措辞像主教那般谨小慎微,话说得很慢,很艰难。一个穿着有荷花边的连衣裙、肩后佩着天使翅膀的十岁小女孩背诵了一首赞扬将军光辉事迹的颂歌,急促得喘不过气。但她背错了,接着重背,前后颠倒乱了套,不知如何是好,一双小眼睛惊慌地盯着将军。将军像串通作弊似的朝她一笑,低声提示:

他宝剑的闪光
是他功勋的生动反映。

将军得势的最初几年,一有机会就举行盛大宴会,让客人们吃饱喝足,一醉方休。那个豪华时期使用的刻有他姓名第一个字母的专用餐具保存了下来,何塞·帕拉西奥斯现在取出来给客人用。在翁达的欢迎宴会上,将军同意坐在首席,但只喝了一杯葡萄酒,尝了一口河龟汤,觉得反胃就不碰了。

他很早退席,回到波萨达·古铁埃雷斯上校家中为他准备的房间,但听说圣菲的邮班明天到来,本来不多的睡意顿时全部消失。他惶惶不安,三天没有想的烦恼重新涌上心头,拿一些无法回答的问题折磨何塞·帕拉西奥斯。他想知道自己离开后发生了什么事,不由他执政的城市怎么样了,没有了他生活有什么变化。他心情不好的时候说过这样一句话:"顶半个世界的美洲简直发了狂。"在翁达的第一晚,他更相信这句话有道理。

将军睡觉一向不用蚊帐,这一晚蚊子的骚扰使他更烦躁不安。他一会儿起来在房间里转着圈子自言自语,一会儿躺在吊床上使劲晃荡,一会又裹着毯子捂得大汗淋漓,几乎是大叫大嚷地说胡话。何塞·帕拉西奥斯陪着他,回答他的问题,不用掏坎肩口袋里带链的一对怀表就能告诉他时间是几点几分。将军没有气力自己摇晃时,他就帮着推吊床,同时用一块布巾挥赶蚊子,终于让将军睡了一个多小时。破晓前,将军听到院子里有牲口和人的声息,一惊而起,穿着睡衣出去取信件。

随着马队同来的还有年轻的阿古斯丁·德伊图尔比德上尉,他是将军的墨西哥副官,由于最后一刻有些事要处理,滞留在圣菲。他捎来苏克雷元帅的信,信中为没有及时赶到送行深深表示遗憾。还有凯塞多代理总统两天前写的一封信。波萨达·古铁埃雷斯省长拿了星期天的剪报进来,这时天还未大亮,将军眼神不济,请他代为念信。

圣菲的新闻是星期天人们都出城去牧场,许多父母和孩子带着盛放烤乳猪、熏猪肚、大米灌肠、浇上热奶酪的土豆,在动乱以来城里还未见过的好阳光底下,坐在草地上野餐。五月难逢的好天气驱散了星期六的紧张气氛。圣巴托洛梅学院的学生们又上街搞模拟处决的闹剧,但那些老花样没有引起什么反响。他们闹得没趣,傍晚前就散了。星期天把猎枪换成六弦琴、在牧场取暖的人群弹唱班布科乐曲,下午五点一场阵雨浇散了聚会。

波萨达·古铁埃雷斯念到这里插嘴说:

"世界上没有任何东西可以玷污您的光荣。不管别人怎么说,到了天涯海角阁下仍旧是最伟大的哥伦比亚人。"

"我也不怀疑,"将军说,"我一离开,太阳就重新放光,单凭这一点就够了。"

信中唯一让他生气的是共和国代理总统竟然把桑坦德分子称为自由党,仿佛成了正式名称。"我不明白那些蛊惑家有什么权力自称为自由党,"他说,"他们见到什么就偷什么,连这个名称也要盗用。"他从吊床上跳下来,大踏步从屋子一头走到另一头,当着省长的面继续发泄心中的怒火。

"事实上除了支持我和反对我的人之外,这里没有什么党派，您比谁都清楚，"他结尾说，"人们也许不信，可是我比谁都更是自由派。"

省长的一个私人使者后来传口信说曼努埃拉没有写信，因为信使得到明确指示，不准接受她的信件。口信是曼努埃拉亲自捎的，当天她就为这禁令向代理总统递交了一份抗议书，一系列的挑衅就从这件事开始，最终导致她的流放和销声匿迹。波萨达·古铁埃雷斯很了解他们之间的不幸爱情，使他感到诧异的是将军听了这个坏消息反而笑了。

"这些冲突倒符合我那可爱的疯子的性格。"他说。

何塞·帕拉西奥斯认为翁达的三天活动安排有欠考虑，很不高兴。最出乎意外的邀请是参观六里路外的圣安娜银矿，出乎意外的是将军接受了邀请，更令人惊奇的是他还下了矿井。尤其糟糕的是在回来的路上，将军虽然发烧，头痛欲裂，却下了河，在一个流水较缓的地点游泳。很久以前将军常同人打赌，捆住一条手臂他还能横渡平原湍急的河流，胜过水性最好的人。这次他游了一个半小时，并不吃力，不过见到他嶙峋的肋骨和害佝偻病似的腿脚，人们都不明白像他这样瘦得皮包骨头的人怎么还能活着。

最后一晚，市政府为他举行盛大舞会，但他由于参观累了，没有参加。下午五点起，他关在卧室里向费尔南多口授给多明戈·凯塞多将军的复信，并让费尔南多念几页利马的风流逸事，他本人还是某些逸事的主角。然后他洗了温水澡，一动不动地躺在吊床上听舞会上随风飘来的音乐。何塞·帕拉西奥斯以为他睡着了，忽然听到他问：

"你记得那支华尔兹吗？"

将军用口哨吹了几节旋律，试图唤醒总管的回忆，但他仍旧想不起来。"那是我们从楚基萨卡到利马的那晚演奏次数最多的曲子。"将军说。何塞·帕拉西奥斯记不得那支乐曲，但永远也忘不了一八二六年二月八日的夜晚。那天上午，利马为他们举行了盛大的招待会，将军每次祝酒时总是重复一句话："在秘鲁辽阔的土地上，如今一个西班牙殖民者都不剩了。"正是那一天，广大美洲的独立已成定局，用他自己的话来说，他的目的是把美洲变为迄今为止世界上最庞大、最不平凡、最强盛的国家联盟。他喜庆兴奋的心情同那支华尔兹舞曲联系了起来，一再要求重新演奏，以便同参加招待会的利马每一位夫人都跳个遍。他手下的军官们穿着本城从未见过的光鲜制服，尽体力所及照将军的榜样行事，他们都是跳舞的高手，给他们舞伴留下的印象远比战争的光荣深刻。

在翁达的最后一晚，庆祝晚会以胜利华尔兹开始，他在吊床上等乐曲重新演奏。等了很久都没有，他便一跃而起，穿着参观银矿的那身骑装，不等通报就出现在舞会上。他跳了将近三小时，每换一个舞伴就要求重奏那支曲子，也许是想在怀旧的灰烬中重建他往昔的荣耀。全世界望风披靡的那些虚幻的日子已是遥远的往事，只有他在空荡荡的大厅里和最后一个舞伴一直跳到天明。跳舞是他压倒一切的爱好，没有舞伴时他一个人跳，没有音乐时他吹着口哨跳，为了表示极度高兴，有时还上餐桌跳。翁达的最后一晚，他体力不支，间歇时得闻浸透古龙水的手帕提神，但他跳得那么起劲，舞技是那么富于青春活力，无意之中粉碎了他病得要死的传闻。

午夜过后不久，他回去时听说有位妇女在客厅里等他。那个女人漂亮高傲，散发着春天的气息。她穿着长袖的天鹅绒衣服，脚下是一双十分精致的熟山羊皮靴，头戴一顶有真丝面纱的中世纪妇女的帽子。将军彬彬有礼地一鞠躬，对她来访的方式和时间感到奇怪。她没开口，先把一个用长项链挂着的盒形胸饰举到他眼前，他惊讶地认了出来。

"米兰达·林赛！"他失声喊道。

"正是我，"她说，"尽管已经不是原来的我了。"

她的嗓音像大提琴一样低沉热烈，稍稍带一点母语英语的口音，唤起了他不可重复的回忆。他挥手示意，让门口值勤的警卫退下，坐在她面前，挨得很近，两人的膝盖几乎接触，他拉着她的手。

十五年前，他第二次流放到金斯敦，偶然在美国商人麦克斯威尔·希斯洛普家里吃饭时，他们互相认识了。她是伦敦·林赛爵士的独女，伦敦·林赛则是一位英国外交官，退休后在牙买加一家榨糖厂定居，在写一部六卷的谁也不看的回忆录。虽然米兰达长得绝色美丽，但年轻的流放者心情落寞，当时正沉溺于自己的理想，并且心中另有所爱，对别的女人并不注意。

在她的印象中，他比三十二岁的实际年龄显得大很多，瘦削苍白，留的鬓角和胡子像黑白混血儿那般粗硬，头发长及肩头。像当地贵族青年一样，他一身英国式装束，白领巾，不适于当地气候的厚上衣，纽扣孔里插着一枝浪漫的栀子花。他这身打扮在一八一○年某个放荡的夜晚，被一个风流的妓女误认为是伦敦妓院里的希腊男妓。

说是优点也好，缺点也好，他最让人忘不了的是那双充满幻觉的眼睛，猛禽一般锐利的声音和滔滔不绝、令人疲惫的谈话。奇怪的是他目光低垂，不正眼看同桌的人，却能引起人们注意。他讲话带有加那利群岛的腔调和口音，马德里方言的文雅词语,出于对两位不懂西班牙语的客人的尊重,那天他还穿插着说一些简单但能听懂的英语。

吃午饭时,除了自己的幻觉之外,他对谁都不注意。他带着学者和演说家的风度讲个没完,说了许多未加修饰的预言式的话,其中不少后来出现在金斯敦一家报纸刊登的划时代的宣言里,也就是历史上有名的《牙买加宪章》。"使我们重新沦为奴隶的并不是西班牙人,而是我们自己的不团结。"他说。谈到美洲的伟大、资源和人才时,他屡屡重复说:"我们就是小型的人类。"林赛父女回家后,父亲问米兰达对这个把岛上的西班牙代理人搞得六神不安的阴谋家有什么看法,她用一句话加以概括:"他自以为是个拿破仑·波拿巴。①"

几天后,他接到一封不寻常的信,信里详细地指示他星期六晚上九点单独步行到一个荒僻的地点去同她会面。那一挑战不仅把他的生命而且把美洲的命运置于危险的境地,因为起义失败后,他是当时唯一的后备力量。经过五年多灾多难的独立战争,新格拉纳达总督领地和委内瑞拉特别自治区抵挡不住有绥靖者之称的巴勃罗·莫里略将军

---

① 此句原文为英语。

的猛烈攻击,西班牙重新征服了那些地区。凡是识字的人不问青红皂白一律绞死,爱国者的指挥部已被消灭。

一代有文化的、美洲出生的白人从墨西哥到拉普拉塔河散播了独立的种子,其中数他信念最坚定,最不屈不挠,最有远见,并且把政治家的天才和军人的直觉最完美地加以结合。当时他租了一幢有两间屋的房子,和他住在一起的有他的副官,两个已经解放但仍伺候他的小奴隶,还有何塞·帕拉西奥斯。晚上不带护卫,步行前赴一个不知底细的约会,不但是不必要的冒险,而且是历史性的不明智行为。但是尽管他重视自己的生命和事业,一个美丽女人的谜比什么都更吸引他。

米兰达只身骑着马在约好的地点等候,让他骑在自己背后走上一条隐蔽的小径。远处海上有闪电和雷声,像是要下雨。昏暗中,一群狗吠叫着在马蹄间窜前窜后,她用英语哄它们,让它们安分。他们在榨糖厂附近经过,伦敦·林赛爵士就在那里写只有他自己看的回忆录,然后涉水渡过一条乱石小河,进入对岸的松树林,林中深处有一所废弃的小教堂。他们在那里下马,她拉着他的手,穿过幽暗的祈祷室来到圣器室,圣器室破败不堪,墙上插着一支火把取亮,除了两个用斧子砍出来的木墩充当凳子外,没有任何家具。这时候他们才互相看清对方的脸。他只穿一件衬衫,头发像马尾似的用丝带束在颈后,米兰达觉得他比餐桌上年轻漂亮一些。

他没有采取主动,因为他勾引女人的方法没有一定规矩,只不过随机应变,第一步尤其重要。"在爱情的序幕中,任何错误都是不可挽回的。"他常说。那次,他以为一切障碍早已排除,因为采取主动的是她。

他错了。米兰达除了美貌之外,还具有一种不容忽视的尊严,过了好久之后,他明白还是应该由他采取主动。她让他坐下,正如十五年以后在翁达的情况一样,两人面对面坐在斧凿的木墩上,挨得那么近,几乎碰到了膝盖。他握住她的手,把她拉过来,企图吻她。她只让他接近到能觉察呼吸热气的距离,然后扭过脸。

"水到渠自成。"她说。

他后来一再尝试,都被这句话挡住。午夜,雨水开始从屋顶的罅缝漏下来,两人还是手拉手、面对面坐着,他朗诵那几天自己正在打腹稿的一首诗,一首十一音节的八行诗,对仗工整,合辙押韵,糅合着爱情的缠绵和对战争的夸耀。她深受感动,提出了三个名字,试图猜测作者是谁。

"是一个军人写的。"他说。

"战场上的军人还是沙龙里的军人？"她问道。

"两者都是，"他说，"是有史以来最伟大最孤独的军人。"

她想起在希斯洛普先生家吃饭后她对父亲说的话。

"只能是波拿巴了。"她说。

"差不多，"将军说，"不过精神境界的差别很大，因为这首诗的作者不会加冕称帝。"

随着岁月的流逝，不时传来有关他的新消息，她越来越惊异地自问，当时他是否意识到他那句机智调皮的话竟是他自己生命的预先展示。不过她那晚顾不上想这些，因为要拖住他而又不让他生气，同时在快天亮前他越来越迫切的进攻面前坚守阵地，三全其美几乎不可能，她穷于应付。她只让他偶尔吻几下，如此而已。

"水到渠自成。"她对他说。

"我今天下午三点钟就搭上海地的邮轮，再也不回来了。"他说。

她迷人地笑出声，戳穿了他的谎话。

"首先，邮轮星期五才启碇，"她说，"其次，你昨天在透纳太太那里订了一个蛋糕，今晚要带到那个在世上最恨我的女人家里去吃饭。"

那个在世上最恨她的女人名叫胡利娅·考比埃，也是流放在牙买加的美丽富有的多米尼加人，据说将军不止一次在她家里过夜。那晚他们两人准备庆祝她的生日。

"您比我的密探消息更灵通。"他说。

"您怎么没想到我也是您的一个密探呢？"她说。

到了早上六点钟，他才明白她这句话的意思，他那时回家发现他的朋友费立克斯·阿梅斯托伊浑身血迹死在吊床上，假如不是那次假幽会，躺在吊床上的应该是他。费立克斯有急信面交，等他回来，困得睡着了；被西班牙人收买的仆人之一以为他是将军，在他身上捅了十一刀杀了他。米兰达事先了解到暗杀计划，但想不出更审慎的办法加以阻止。他想当面向她表示感谢，但是她没有回答他的口信。将军在乘一条海盗的轻便船去太子港之前，派何塞·帕拉西奥斯给她送去他母亲的遗物，那个珍贵的盒形胸饰，附了一张没有签名的便条，上面只有一句话：

"我戏剧性的命运已经注定。"

米兰达永远忘不了也不曾理解那个年轻战士的深奥的话。后来他在自由的海地共和国总统亚历山大·佩蒂翁将军的帮助下回到故土，率领一支由赤脚的平原人组成的起义队伍翻越了安第斯山，在博亚卡桥打败了保皇派军队，第二次并且永远解放了新格拉纳达，然后解放了他的祖国委内瑞拉,最后解放了南方山峦起伏的土地,直到同巴西帝国接壤的地方。旧西班牙殖民地独立后,米兰达和一个英国土地测量员结了婚,她丈夫改了行,移居新格拉纳达,在翁达山谷种植牙买加的甘蔗。前一天她听说她的老相识,金斯敦的流放者,就在离她家三里路的地方参观。她到银矿时,将军已经回了翁达,于是她又骑马赶了半天路才追上他。

他年轻时的鬓角和胡子已经剃掉,头发灰白稀少,一副末路潦倒的模样,如果是在街上根本不敢相认,她惊恐地觉得仿佛在同一个已经死去的人谈话。米兰达本来打算避过在街上被认出的危险后,揭开面纱同他交谈,但想到他也会发现岁月在她脸上造成的损害,就不敢那么做。他们寒暄之后,她开门见山地说:

"我来请您帮个忙。"

"尽管吩咐。"他说。

"我五个孩子的父亲杀了人,在服长期徒刑。"她说。

"为了荣誉问题?"

"决斗时杀的。"她说,然后立即解释,"为了争风吃醋。"

"想必没有根据吧。"他说。

"有根据。"她说。

如今一切都是过去的事了，连他也包括在内，她求他的只是要他施加影响，结束她丈夫的监禁。他只能实话实说：

"你已看到我病病歪歪，无依无靠，不过为了你，我赴汤蹈火，在所不辞。"

他把伊巴拉上尉找来，摘录了案情，答应尽一切力量争取赦免。当天晚上，他和波萨达·古铁埃雷斯将军交换了意见，谈话极其审慎，不留任何书面文字，不过一切都要在了解新政府的情况之后才能进行。他把米兰达送到大门口，一支由六名解放了的奴隶组成的护卫队在等候，将军吻了她的手告别。

"很愉快的一晚。"她说。

将军忍不住问道：

"今晚还是那天晚上？"

"两晚都是。"她说。

她骑上一匹备用的马，装饰漂亮得像总督的坐骑，疾驰而去，没有回头再看看他。他等在门口，直到她走远看不见了。何塞·帕拉西奥斯早上叫醒他，准备上船航行时，他在梦中也见到了她。

七年前，将军授予德国海军准将约翰·皮·艾尔勃斯一项特权，让他创办汽轮航运。将军本人去奥卡尼亚时，曾试乘汽轮从新峡到皇家港，认为这种运输工具舒适安全。但是艾尔勃斯海军准将认为如果没有独家经营权这笔生意不值得做，桑坦德将军担任副总统时无条件地给了他独家经营权。两年后，国民大会决定由将军独揽大权，他取消了这一协议，卓有远见地说："如果我们给了德国人垄断权，他们最终会转让给美国的。"后来他又宣布全国内河航运一律自由开放。因此当他决定找一艘汽轮航行时，碰到不少拖延和扯皮，显然是报复，真要动身时，不得已只能乘舢板。

从早上五点钟开始，港口就满是骑马和步行的人，都是省长从附近教区匆匆找来的假充过去年代的那种热烈欢送的群众。无数满载妓女的小艇在码头转悠，她们叫喊着挑惹卫队的士兵，士兵们则说些下流的奉承话回答。将军六点钟和官方代表们来到港口。他是从省长家步行来的，嘴上蒙着一块浸透古龙水的手帕。

那天看样子不会出太阳。商业街的店铺一早就开门了，有几家在二十年前一次地震毁坏的房屋之间的空地上露天营业。将军挥动着手帕回应从窗口向他致敬的人，这些人只是少数，大部分见到他虚弱的模样十分吃惊，默默地目送他过去。他穿着衬衫，头戴白色草帽，脚下是唯一的那双惠灵顿式长靴。在教堂门口，堂区神甫站在椅子上准备发表一番演说,卡雷尼奥将军劝阻了他。将军走过去同他握握手。

拐过街角,将军一眼就看出凭他的体力很难登上高坡,但他抓住卡雷尼奥将军的胳臂开始上坡,最后显然支持不住。陪同的人想劝他坐上波萨达·古铁埃雷斯事先为他预备的轿子。

"不,将军,"他惊慌地说,"我求您别让我丢人现眼了。"

他凭意志而不是体力登上山坡,居然还能不用扶持走到山坡下的码头。他在那里对官方代表团的每个人说了一句客气话亲切告别,脸上还露出笑容,不让人注意到在这个五月十五日他不可避免地踏上通向乌有的归途。他把一枚有他的侧面像的金勋章送给波萨达·古铁埃雷斯省长留作纪念,提高声音向他表示感谢,让大家都能听见,还真情毕露地拥抱了他。然后站在船尾挥动帽子告别,没有注视岸边送行的人群中某个特别的人,也不看舢板周围乱哄哄的小艇和像鲱鱼一样在水里游泳的光屁股小孩。他茫然地朝一个方向挥着帽子,直到破败的城墙上方教堂残缺不全的塔楼消失在视线里。然后他进了舢板上的篷子,坐在吊床上,伸直两腿,让何塞·帕拉西奥斯帮他脱掉靴子。

"他们现在总该相信我们真走了吧。"他说。

船队由八艘大小不一的舢板组成,其中一艘是为他和侍从们专门准备的,配备了一名舵手和八名划愈疮木桨板的桨手。普通舢板中央有一个堆放货物的棕榈叶盖的篷子,将军的那艘则搭了一个帆布篷,在阴凉处挂一张吊床,篷子里面衬了棉布,外面围上席子,还开了四个窗口通风透光。篷子里还有一张写字或打牌的小桌,一个书架和一个带过滤器的洗脸架。船队的负责人是从马格达莱纳河上最好的水手中间挑选出来的,名叫卡西尔多·桑托斯,以前是射手警备营的上尉,声如洪钟,左眼像海盗似的蒙着一个黑眼罩,对他这次任务的认识有点轻率。

对于艾尔勃斯海军准将的汽轮来说,五月是舒适季节的开始,对舢板来说却不是最好的月份。要命的炎热、惊心动魄的风暴、险恶的水流、晚上毒蛇猛兽的威胁,仿佛凑起来同旅客作对。身体本来不好、特别敏感的人还有一项额外的折磨:由于疏忽,主舢板两侧的架子上挂着发臭的腌肉条和熏干的小嘴鱼。将军一上船就觉察到了,吩咐赶快拿走。桑托斯上尉发现将军不能忍受食品的气味,便把那艘装食物供应、养着鸡和活猪的舢板调到船队末尾。但是从航行第一天起,将军津津有味地连吃两盘新玉米楂粥之后,就决定不再吃别的东西了。

"这像是费尔南达七世的魔术之手做的。"他说。

确实如此。他近年的私人厨娘,基多的费尔南达·巴里加,瞒着他也在船队上。他不想吃东西时,厨娘硬要他吃,他便把她叫作费尔南达七世。她是个肥胖、好脾气、说话风趣的印第安人,最大的优点不在于烹调技术特别高明,而在于使将军吃得高兴的本能。将军决定把她留在圣菲曼努埃拉·萨恩斯家帮忙,但是何塞·帕拉西奥斯惊慌地通报说航行前夕以来将军没有吃好一顿饭,卡雷尼奥将军便把她从瓜杜阿斯紧急召来。她凌晨赶到翁达,偷偷地上了食物供应船,等待合适的时机再露面。将军健康恶化以后,最爱吃的就是新玉米楂粥,见将军高兴,她便提前露面了。

第一天的航行险些成为最后一天。下午两点钟乌云密布,天色黑得像是夜晚,河水汹涌,雷电交作,大地仿佛都在颤抖,桨手们似乎无法阻止船只撞上峭壁。将军在篷子里观看桑托斯上尉大声呼喊,指挥抢险,他的航运才能好像不足以应付当时的混乱。将军先是怀着好奇,后来焦急得无法自制,在最危险的关头他发觉上尉发了一个错误的命令。将军为本能所驱,冒着风雨出去,在惊涛骇浪中纠正了上尉的命令。

"不是那面,不!"他喊道,"右面,右面,妈的!"

在那嘶哑但仍充满不可抗拒的权威的声音之下,桨手们做出了反应,将军不自觉地取代了指挥,直到险情过去。何塞·帕拉西奥斯急忙把一条毯子披在他身上。威尔逊和伊巴拉左右扶持,让他站稳。桑托斯上尉明白自己又一次搞混了左舷右舷,像低声下气的小兵一样退在一边。将军后来去找他,发现他眼神在颤抖。

"请您原谅,上尉。"将军对他说。

但是他自己心情不能平静。那晚,他们停靠在河滩边过夜,大家围坐在篝火旁时,将军讲了难以忘怀的航行事故。他讲他的哥哥胡安·文森特,也就是费尔南多的父亲,替委内瑞拉第一共和国采购了一批武器弹药,从华盛顿回来时如何死于海难。他讲自己横渡涨水的阿劳卡河,坐骑淹死,他的靴子绊在马镫里挣脱不掉,给拖下水,几乎也遇难,幸亏他的向导用刀子割断了马镫的皮索。他讲新格拉纳达独立后不久,在去安戈斯图拉途中,看到奥里诺科的急流中翻了一条船,有个他不认识的军官朝岸边游去。他左右的人告诉他那是苏克雷将军。他生气地反驳说:"根本没有什么苏克雷将军。"那确实是安东尼奥·何塞·德苏克雷,刚提升为解放军的将军衔,从那时开始他们两人结下了亲密的友谊。

"我听说过那次见面，"卡雷尼奥将军说，"但不知道翻船的细节。"

"也许你把它同苏克雷第一次失事混淆起来了，当时他遭到莫里略追击，逃出卡塔赫纳，在海上漂流了将近二十四个小时，天知道他是怎么活下来的。"将军说。接着，他有些离题地补充说："我讲这些事是想让桑托斯理解今天下午我为什么那么不礼貌。"

凌晨，大伙都已进入梦乡，丛林中突然响起一阵催人泪下的、没有乐器伴奏的歌声。将军在吊床上一惊。"那是伊图尔比德。"何塞·帕拉西奥斯在暗里说。语音刚落，一声粗暴的呵斥打断了歌声。

阿古斯丁·德伊图尔比德是墨西哥独立战争中一个自封为皇帝、在位只一年多的将军的长子。玻利瓦尔第一次见到阿古斯丁就对他有特殊好感，当时他毕恭毕敬地立正，在他从小就崇拜的人面前激动得手直发抖。那时他二十二岁，他父亲被枪决时他还不满十六岁。他父亲从国外流放回来，不知道自己已被缺席审判，以叛国罪定了死刑，踏上墨西哥国土不到几小时就在一个尘土飞扬、燠热的小镇上被枪决了。

有三件事一开始就打动了将军。一是阿古斯丁把他父亲在行刑墙前托人交给他的金表和宝石挂在脖子上,让大家知道他很引以为荣。二是他坦率地告诉将军,他父亲为了不被港口卫兵认出,打扮成穷人,但骑马的优美姿势露了馅。三是他唱歌的模样。

墨西哥政府设置了种种障碍,不让他参加哥伦比亚军队,认为他的军事锻炼是将军支持的君主复辟阴谋的一个组成部分,日后可以根据所谓皇储的权利让他当墨西哥皇帝。将军不但接纳了年轻的阿古斯丁,承认了他的军衔,而且让他当了自己的副官,承担了挑起严重外交纠纷的危险。阿古斯丁没有辜负将军的信任,尽管没有过一天幸福的日子,只靠他唱歌的习惯熬过了前途未卜的岁月。

因此,当马格达莱纳河畔的丛林里有人叫他住声的时候,将军从吊床上起来,披了一条毯子,穿过被哨兵火堆照亮的营地,去同他结伴。将军发现他坐在河边,呆呆地望着流水。

"接着唱吧,上尉。"将军劝他说。

将军在他身边坐下,辨出歌词之后,也用微弱的声音唱了起来。将军从没有听过有谁唱得像他那样深情,也记不得有谁唱得那样哀伤,但能带来极大的幸福感。伊图尔比德同乔治敦军校的同学费尔南多和安德烈斯组成了三重唱，在军营枯燥乏味的生活中给将军周围带来一丝青春的气息。

阿古斯丁和将军一直唱到丛林中野兽的喧闹吓跑了睡在岸边的鳄鱼，河水像灾变那样回旋翻腾。将军仍旧坐在地上，望着大自然苏醒时可怕的力量发怔，这时天际露出一抹橘黄色，天亮了。他扶着伊图尔比德的肩膀站起来。

"谢谢，上尉，"他说，"有十个像您唱得这样好的人，我们早就拯救了全世界。"

"唉，将军，"伊图尔比德叹息说，"我多么希望我妈妈能听到这句话啊。"

航行的第二天，他们沿途看到管理良好的庄园，漂亮的马匹在蓝色的牧场上自由奔跑，然后开始看到丛林，一成不变的景色紧挨着河岸。两岸的伐木人早先砍下粗大的树木扎成木排准备运到卡塔赫纳出售。木排漂得极慢，在水面上仿佛没有移动，全家大小还有家畜牲口都待在木排上，单薄的棕榈叶盖的篷子挡不住强烈的阳光。河流某些拐弯的地方，已经能看出汽轮船员砍伐树木作为锅炉燃料给森林造成的损害。

"鱼类得学着在地上行走，因为水域快没有了。"将军说。

白天热得难以忍受,猴子和禽鸟的喧嘈吵得人要发狂,不过夜晚倒很安静凉爽。鳄鱼趴在河滩上几小时一动不动,光张开大嘴捕食蝴蝶。荒废的房屋旁边可以看到一些玉米地,瘦得皮包骨头的狗见船队靠近吠叫不已,虽然一个人影都瞧不见,却可以看到捕獏的机关和晾晒的渔网。

经过多年的战争、伤心的执政和乏味的爱情,闲散仿佛成了痛苦的事。将军一早醒来就没精打采,躺在吊床上沉思冥想。回复了凯塞多代理总统的来信以后,将军的信件都已处理完毕,不过他仍旧口授一些无关紧要的信消磨时间。费尔南多在最初几天里已经念完了那本利马逸闻,再没有别的能引起将军兴趣的书了。

这是他完整读过的最后一本书。他本来嗜书若命,无论在战斗间歇,或者在做爱后休息时都手不释卷,不过没有系统和方法。不管什么时候,光线如何,他都看书,树下散步时看,赤道阳光下骑在马背上也看,有时坐在马车里经过颠簸的石子路,有时躺在吊床上晃悠,一面口授信件一面看书。利马的一个书商接到他选购书籍的目录,数量之大,品种之多,感到十分惊奇,从希腊哲学家的著作到手相术的书籍无所不有。他年轻时受老师西蒙·罗德里格斯的影响,爱看浪漫主义的作品,由于他理想主义和狂热的气质，他把自己当成了作品的主人公，兴趣经久不衰。这些激情的作品决定了他一生的性格。凡是能弄到手的，他都看，他没有特别喜爱的作家，不同时期有许多不同的偏爱。他每到一地的住处，书架总是塞得满满的，最后卧室和走廊的书籍堆积成山，没有归档的文件也越来越多，满坑满谷。他手头的书永远来不及看。当他从一个城市迁移到另一个城市，就把书留给最可靠的朋友保管，再也不问它们的下落。他的戎马生涯迫使他从玻利维亚到委内瑞拉留下一条四百多里长的书籍和文件的轨迹。

早在视力衰退之前，将军已经开始让书记员朗读，最后由于嫌眼镜碍事，自己干脆不看书了。但他对于读书的兴趣也随之减退，像往常一样，他找出一个不是他自己能决定的理由。

"问题是好书越来越少了。"他说。

在令人昏昏欲睡的航行中，唯有何塞·帕拉西奥斯没有露出厌烦的迹象，炎热和不便毫不影响他文雅的举止和整齐的穿着，也没有使他对工作敷衍了事。他比将军小六岁，在将军家一出生就是奴隶，他的非洲妈妈一时糊涂同一个西班牙人生下了他，他从西班牙人那里遗传了胡萝卜色的头发、脸上和手上的雀斑以及淡蓝色的眼睛。同他天生的持重脾气相反，在侍从中间数他的衣服最多、最值钱。他一生追随将军，随他经历了两次流放，在第一线参加全部战役战斗，但从不承认自己有穿军服的权利，一直是平民打扮。

航行最难受的是活动受到限制。一天下午，将军在狭窄的帆布篷里来回踱得不耐烦，吩咐停船，以便在陆地上散散步。在硬结的泥地上，有些像是鸟类的足迹，和鸵鸟一般大，体重至少像牛，桨手们觉得并不稀罕，说这一带常有长着鸡冠和鸡爪的身躯肥大的人出没。将军对于一切异乎寻常的东西都加以嘲笑，当然不信这种说法，但他散步的时间比预定的要长，最后尽管船队负责人和他的几个副官都认为这地点危险并且有害健康，他们还是就地宿营。他一夜没睡，天气闷热，一群群的蚊子仿佛能穿透蚊帐，美洲狮吓人的吼叫使他们整夜处于戒备状态。凌晨两点钟左右，将军走到篝火周围去同守夜的士兵聊天，破晓时，他眺望着被曙光染成金黄色的一大片沼泽地，放弃了使他熬了一夜的幻想。

"好吧，"他说，"我们见不到长鸡爪的朋友就得走了。"

起航时，一条瘦得皮包骨头、一只腿不能动弹的癞皮狗跳上舢板。将军的两条猎犬向它扑去，但那条残废的狗不要命地凶猛自卫,脖子被咬破,浑身血污,仍不认输。将军吩咐留养,何塞·帕拉西奥斯便负责照管它,对于照料收留的野狗,他已经驾轻就熟。

同一天,他们还收留了一个用棍子打了桨手被抛弃在沙岛上的德国人。他上了船,自称是天文学家和植物学家,但没谈几句话就看出他对天文学和植物学都一窍不通。不过他亲眼见过长鸡爪的人,并且决心要抓一个活的,关在笼子里运到欧洲去展览,就像上个世纪在安达卢西亚沿海港口巡回展出的美洲蜘蛛女一样,肯定会引起轰动。

"不如把我运去吧,"将军对德国人说,"你把我关在笼子里当作有史以来最大的傻瓜展出,保证能赚更多的钱。"

一开始,将军觉得那个德国人像是有趣的小丑,后来他讲起有关亚历山大·冯·洪堡男爵同性恋的下流笑话,将军听不下去了。"咱们应该把他再留在河滩上。"他对何塞·帕拉西奥斯说。下午,他们遇到逆流而上的送邮件的小艇,将军运用他说服人的本领,让邮吏打开官方邮袋把他的信交给他。最后还请邮吏把那个德国人带到纳雷港,尽管小艇已经超载,邮吏还是同意了。晚上,费尔南多念信时,将军嘟囔着说:

"那浑小子还想给洪堡脸上抹黑。"

在让德国人登船之前,将军已经在想那个男爵旅行家,琢磨他怎么能在如此艰苦的蛮荒条件下活下来。他在巴黎的时候认识了刚从美洲国家回去的洪堡,洪堡的博学多才和他比女人更俊美的容貌使将军大为惊讶。然而将军不能信服的是洪堡断言美洲的西班牙殖民地独立条件已经成熟。他说这话时口气斩钉截铁,而将军当时甚至连空想都没有想过。

"现在缺少的只是领袖人物。"洪堡对他说。

多年后,将军在库斯科把这件事告诉了何塞·帕拉西奥斯,历史刚证明他就是那个领袖人物,也许他当时正志得意满、俯瞰尘世。这件事他从没有对第二个人谈起,但是每提起男爵时,将军对他的远见卓识总是推崇备至:

"洪堡使我开了眼。"

这是他第四次在马格达莱纳河上航行,不由得产生了他是在结束一生历程的感觉。第一次是在一八一三年,身为起义军的少校在委内瑞拉战败后被流放到库拉索岛,去卡塔赫纳寻求支援以便继续战斗。当时新格拉纳达分裂成许多部分,各自为政,在西班牙人的凶恶镇压下独立事业失去了号召力,胜利越来越显得渺茫。第三次航行他乘坐一艘汽轮,解放事业已经完成,但是他的美洲一体化的几近偏执的理想开始土崩瓦解。这次也就是他的最后一次航行，他的理想已经破灭，不过在他时常重复的一句概括性的话里还留有痕迹："只要我们不组织一个统一的美洲政府，我们的敌人就具备了一切有利条件。"

他和何塞·帕拉西奥斯一起回忆的许多往事中，最使他激动的是进行马格达莱纳河流域解放战争时的第一次航行。他率领了二十名装备不齐的士兵在二十来天中横扫这一流域，西班牙保皇派一个都不留。何塞·帕拉西奥斯在这次航行的第四天也察觉到情况变化有多大，他们开始看到沿河村落成群结队的妇女在岸边等候船队经过。"寡妇们都来了。"他说。将军探头出去，看到她们穿着黑衣服排在岸边，像是灼热阳光底下沉思的乌鸦，等待施舍，哪怕是一句慰问的话也好。安德烈斯的哥哥迪戈·伊巴拉将军常说玻利瓦尔将军没有子女，却是全国寡妇的父母。他每到一处都有寡妇去找他，他以出自肺腑的亲切安慰给了她们生活的勇气。可是这次在河边村落看到忧伤的妇女们时，他考虑得更多的是他自己。

"如今我们自己也成了寡妇，"他说，"我们是独立战争的孤儿、残废军人和被遗弃的人。"

在抵达蒙博克斯之前，他们只在奥卡尼亚通向马格达莱纳河的皇家港靠岸。委内瑞拉的何塞·劳伦西奥·席尔瓦将军把叛乱的投弹手队伍送到边境，完成了任务，回来加入侍从队，在这里同他们会合。

将军一直待在船上，晚上才上岸到临时营地里去睡觉。他在舢板上接见了凡是想看他的各次战争的寡妇、残废士兵和失去依靠的人。他以惊人清晰的分辨力记起了几乎所有的人。留在那里的人受着苦难的煎熬，另一些为了糊口出去寻找新的战争，还有一些则像解放军无数退役军人那样在各地拦路行劫。他们中间有一个人总结了大家的想法："我们现在有了独立，将军，您倒说说我们该怎么办。"在胜利的欢欣中，将军曾教导大家这样同他说话：直言不讳，坚持真理。可是现在真理换了主人。

"独立问题比较简单，打赢仗就能取得，"他对大家说，"把这些人民组成一个国家还得做出更大的牺牲。"

"我们唯一做过的事就是牺牲，将军。"他们说。

"还不够，"将军寸步不让地说，"团结是不惜一切代价的。"

那天晚上，当他在挂好吊床的棚屋里闲逛时，发现有一个女人回过头来看他。他感到奇怪的是那女人见他赤身裸体并不大惊小怪。他甚至听到那女人哼的歌词："请你对我说，为爱情而死，永远不会为时太晚。"守卫站在大门口的屋檐下没有睡。

"这里有女人吗？"将军问他。那人自以为明白了将军的用意。

"配得上阁下您的一个都没有。"他说。

"配不上阁下我的呢？"

"也没有，"看守说，"方圆一里路以内没有女人。"

将军确信自己见到一个女人，在房子里到处寻找了很久。他还硬要副官们弄个水落石出。第二天出发也耽误了一个多小时，最后还是那个答复：一个也没有。他不再谈这件事。但是在以后的日子里，只要一想起，将军还是咬定见到了那个女人。何塞·帕拉西奥斯比将军多活了很久，有充分的时间回顾他在将军身边生活的日子，连最小的细节都一清二楚。他唯一搞不明白的事情就是那晚在皇家港见到的是梦，谵妄，还是幽灵。

谁也没有再想起那条半路收留的狗，它待在舢板上，伤势逐渐好转，负责喂食的勤务兵偶然想到它还没有名字。他们用碳酸给它洗了澡，撒上婴儿爽身粉，但没能减轻它的疥疮和邋遢的模样。将军在船头乘凉时，何塞·帕拉西奥斯牵了它过来。

"咱们给它起什么名字?"他问道。

将军想都没想,回答说:

"玻利瓦尔。"

一得到有一支舢板队靠近的消息,停泊在港口的一艘炮艇立刻开动。何塞·帕拉西奥斯从帆布篷的窗口里望见炮艇,弯下腰对闭着眼睛躺在吊床上的将军说:

"将军,我们到了蒙博克斯。"

"上帝之乡。"将军没睁眼说。

他们顺流而下时,河流越来越宽阔肃穆,仿佛是一片无边无际的沼泽,热气浓得几乎可以用手触摸。航行的最初几天,将军老是在船头盘桓,观看瞬息万变的黎明和流光溢彩的黄昏景色,如今情绪低落,没有这份兴致了。他不再口授信件,也不听人给他念书,不问同伴们任何问题,似乎对生活毫无兴趣。在最燠热的午睡时间,他蒙着毯子、闭上眼睛躺在吊床上。何塞·帕拉西奥斯怕他没有听见,又招呼一遍,他仍旧不睁开眼睛。

"蒙博克斯不存在,"他说,"我们有时梦到,但是它不存在了。"

"我至少可以证实圣巴巴拉塔楼还存在,"何塞·帕拉西奥斯说,"我从这里已经看到了。"

将军烦恼地睁开眼,在吊床上坐起来,看到中午炫目的阳光下古老陈旧、多灾多难的蒙博克斯的一些房子的屋顶。这个城市遭到战争的破坏,在共和国的混乱中日趋败落,又受到天花流行的再度摧残。河流正是在此时以无可挽回的态势开始改道,这里注定会在本世纪结束之前遭到废弃。每次汛期洪水给石堤造成的损坏,都曾被西班牙殖民者以伊比利亚半岛式的顽固精神抓紧修复,如今却只剩下乱石滩上零落的废墟。

炮艇向舢板靠近,一个仍穿着总督时期旧警察制服的黑人警官把炮筒对准舢板。卡西尔多·桑托斯上尉朝他嚷道:

"别胡来,黑人!"

桨手们停止划船,舢板随水漂流。卫队的投弹手把枪对着炮艇,等候命令。警官仍旧不为所动。

"出示护照,"他喊道,"我以法律的名义命令你们。"

这时他才看到帆布篷里出来了一个脱了形的人,看到一只枯瘦却带有不容违抗的权威的手,命令士兵们放下武器。然后他声音微弱地对警官说:

"长官,您也许不信,不过我没有护照。"

警官不认识他。费尔南多告诉他之后,他什么也没脱就跳进河里游到岸边,赶快跑到城里去报告好消息。炮艇敲着钟送舢板到港口。船队还没有拐最后一个弯,还没有望到整个城市之前,八个教堂的钟全敲响了。

殖民时期,圣克鲁斯·德蒙博克斯是加勒比海岸和内地贸易的桥梁,因而富裕繁荣。美洲刚刮起自由之风时,这个当地贵族的堡垒首先宣布独立。西班牙加以重新征服,将军本人又解放了它。它只有三条同河流平行的街道,宽阔、笔直、尘土飞扬,建筑都是有大窗户的平房,住过两个伯爵、三个侯爵。本城的金银手工业以精致享有盛名,并没有因共和国的动荡而受影响。

将军这次来到时对自己的光荣十分灰心,对世界感到失望,发现港口居然有一大群人等着欢迎他,完全出乎意外。他匆匆穿上灯芯绒裤子和长靴,尽管天气很热还是披上斗篷,脱掉睡帽,戴上他在翁达告别时用的大檐帽。

拉康塞普西翁教堂正在举行隆重的葬礼。民政和教会当局、教会团体和神学院的头面人物正衣冠楚楚地在参加棺前弥撒,听到钟声齐鸣以为是失火,顿时一片惊慌。激动万分的警官冲进教堂,在市长耳边悄悄说了几句话,然后高声向大家宣布:

"总统到了港口!"

许多人还不知道他已经不是总统了。星期一有信使路过,在沿河城镇散播了翁达的传闻,但什么都没有说清楚。似是而非的消息使得临时组织的欢迎场面更加热烈,甚至丧家发现大部分吊丧的客人都离开教堂去码头了。葬礼进行了一半,只有一小批至亲好友在爆竹和钟声中护送灵柩到墓地。

五月雨水不多,河水流量很小,到港口码头需要爬上一道满是乱石的河谷。有人想背将军,他不高兴地拒绝了,自己扶着伊巴拉上尉的胳臂,一步一滑艰难地往上爬,终于不损尊严地到了上面。

他在港口和当局人士一一握手寒暄,从他的身体情况和手的小巧来看,手劲之大令人难以置信。上次见过他来蒙博克斯城的人简直不敢相信自己的记忆。他的模样衰老得像他的父亲,但他剩下的一点活力还足以拒绝别人的帮助。他不坐人们为他准备的担架,坚持要自己步行到拉康塞普西翁教堂,最后还是不得不骑上市长怕他支持不住事先备好鞍的骡子。

何塞·帕拉西奥斯在港口见到不少出了天花、脸上痘疮涂了龙胆紫的人。天花是马格达莱纳河下游反复流行的地方病,它在爱国军中引起的恐惧超过了西班牙人,因为在马格达莱纳河的战役中,天花在解放军部队中造成很高的死亡率。鉴于天花的危害,将军曾请一位路过的法国自然学家用牲畜痘疮的浆液接种在人身上替当地居民免疫。但这种方法引起的死亡人数也很多,最后谁都不信这种寄托在牛身上的医疗办法,许多母亲宁肯孩子冒染上天花的危险,也不肯让孩子冒接种的危险。可是将军接到的官方汇报使他相信天花的灾祸已被战胜。因此,当何塞·帕拉西奥斯告诉他群众中有许多脸上出痘抹药的人时,他的反应厌烦多于惊奇。

"只要下级为了讨好,继续向我们撒谎,这种情况就永远改不了。"他说。

他在港口欢迎他的人面前丝毫没有流露心中的不快。他简单地介绍了他辞职的经过和圣菲的混乱状态,要求大家一致支持新政府。"没有其他选择,"他说,"不是团结就是无政府状态。"他说他此去不准备回来了,一方面是身体不好,大家也看得出来,有多种严重疾病,需要休养;更重要的是别人的不幸给他造成了痛苦,他需要平静。但他没有说什么时候走,也没有说要去什么地方,只是有意无意地重申他还没有拿到政府发的出国护照。他感谢蒙博克斯人二十年来给他的荣誉,请求他们除了市民的称号之外不要再给他什么头衔了。

群众涌进拉康塞普西翁教堂,参加临时决定的感恩仪式,教堂里还挂着葬礼的绉绸,空气中还有葬礼的花香和熄灭的蜡烛芯味。坐在侍从席的何塞·帕拉西奥斯注意到坐在贵宾席的将军很不舒服。市长是个不露感情的混血儿,长着狮鬃一般漂亮的头发,坐在将军旁边倒很自在。班胡梅亚的遗孀费尔南达,她的美貌曾风靡马德里宫廷,把自己的檀香木扇借给将军,让他抵挡仪式的闷热。将军无奈地扇着,只从香气中得到一些慰藉,最后热得透不过气来。他在市长耳边说:

"老实说我不该受这份罪。"

"人民的敬爱是要付出代价的,阁下。"市长说。

"不幸的是,这不是敬爱,而是凑热闹。"他说。

感恩仪式结束后,他向班胡梅亚的遗孀鞠躬告别,把扇子还给了她。她想再交到他手中。

"请您赏光留着吧,作为对一个十分敬爱您的人的回忆。"她说。

"可悲的是我用以回忆的日子所剩不多了。"将军说。

神甫坚持要打着圣周用的华盖挡太阳,从拉康塞普西翁教堂送他到圣彼得使徒修道院。修道院是一幢两层楼的建筑,回廊外面种着蕨类植物和麝香石竹,后面有一个阳光充足的果园。这几个月由于河那面吹来的风有害健康,即使晚上也不能睡在连拱回廊里,但是大厅旁边的房间有厚实的灰石墙,里面像秋天一样阴凉。

何塞·帕拉西奥斯先去把一切准备就绪。卧室的墙壁粗糙,最近刷过石灰,只有一扇带绿色百叶帘的窗户朝着果园,光线暗淡。何塞·帕拉西奥斯挪动床的位置,让床脚对着窗,将军便可以望到树丛中黄色的番石榴,闻到香味。

将军扶着费尔南多和拉康塞普西翁教堂的神甫来到修道院,神甫也是修道院院长。将军一进门就背靠着墙,对窗台上葫芦瓢里盛放的番石榴弥漫整个卧室的香气感到意外。他闭上眼睛,靠着墙,吸着使他心碎的旧时熟悉的气味,直到透不过气。然后他仔细查看屋子里的每一件东西,仿佛从中都能得到启示。除了带幔帐的床之外,还有一个桃花心木的柜子，一个大理石面的桃花心木床头柜和一把红丝绒面的扶手椅。窗旁边的墙上有一口八角形的挂钟，钟面是罗马数字，指针停在一点零七分。

"到头来，还是有些东西保持了原样！"将军说。

神甫感到吃惊。

"对不起，阁下，"他说，"据我所知，您以前没有来过这里。"

何塞·帕拉西奥斯也感到吃惊，因为他从没有见过这幢房子，但是将军继续回忆，提到的事情都被他说中，弄得大家面面相觑。最后，将军以他惯常的玩笑解除大家的不安。

"也许是前世轮回吧，"他说，"说到头，我们刚才还看到一个被逐出教会的人在华盖下面行走，在这样的城市里什么事情都可能发生。"

过了不久，一场突如其来的雷雨把城市变成了泽国。将军利用这个机会来消除应酬的疲劳，他在幽暗的房间里，仰天和衣躺在床上，闻着番石榴的气味，假装睡着，接着，在倾盆大雨之后的宁静中真的睡着了。何塞·帕拉西奥斯知道这点，因为他听到将军用年轻时代的标准发音和清晰的音色说话，这种情况只有梦中才会出现。他说的是加拉加斯，一个沦为废墟、已经和他无缘的城市，墙上贴满了辱骂他的标语，街上大粪横溢。何塞·帕拉西奥斯坐在角落里的扶手椅上，别人几乎看不见他，他守在这儿是因为不愿意让侍从队以外的人听到将军秘密的梦话。他从半掩的门缝里朝威尔逊上校做个手势，上校便让花园里的值勤士兵走得远些。

"这里谁都不喜欢我们，在加拉加斯谁都不服从我们，"将军在梦中说，"我们得听从别人支配。"

他说了一连串愤懑的抱怨话，那是死亡的风把他破碎的光荣刮走之后的残余。他说了将近一小时的梦呓，直到走廊里一阵杂乱的脚步声和一个傲慢响亮的声音惊醒了他。他发出一个急促的鼾声，没睁眼睛，含混不清地说：

"外面他妈的是什么事？"

原来是洛伦索·卡尔卡莫将军要在规定接见的时间之前强行闯进卧室。卡尔卡莫是解放战争的老将，脾气暴躁，勇敢得接近疯狂。他用佩刀拍打了一个投弹手的中尉，不把威尔逊上校放在眼里，只有神甫用非世俗的权力才制服了他，客客气气地把他带进隔壁的办公室。将军听了威尔逊的汇报后生气地嚷道：

"对卡尔卡莫说我死了！就这么说，我死了！"

威尔逊上校到办公室去见那个军人,他为了今天的场合穿了检阅时的军服,胸前佩满了战功勋章。可是那时候他的傲慢已经荡然无存,眼睛里满是泪水。

"不,威尔逊,不用告诉我了,"他说,"我已经听到了。"

将军睁开眼时,发现时钟还停在一点零七分。何塞·帕拉西奥斯给钟上了弦,凭记忆拨到准确的时间,接着证实说同他的两个怀表完全一致。随后,费尔南达·巴里加进来,想让将军吃一盘炒素什锦。将军昨天到现在没有吃过任何东西,但他仍不想吃,只是吩咐把盘子端到办公室去,等会儿一面接见一面吃。与此同时,他忍不住拿了一个放在葫芦瓢里的番石榴。他美滋滋地先闻闻气味,贪馋地咬下一口,像小孩那样快活地咀嚼果肉,细细品尝滋味,然后叹了一口长气慢慢地咽下去。接着,他坐在吊床上,把盛番石榴的葫芦瓢放在两腿中间,一个接一个把番石榴统统吃光,几乎没有换气的时间。何塞·帕拉西奥斯进来时在昏暗中见到他这副吃相惊慌地说:

"咱们这样会死的!"

将军兴致很好地补充说:

"不至于比现在死得更绝。"

三点半正,按照预定时间,将军吩咐来访者两人一组开始进办公室，这样让一人看到他急于接待另一人，便可以快快把他们打发走。尼卡西奥·德尔巴列医生是最早进去的人之一，发现他背朝着窗坐着，窗外可以望到田间房屋和远处水汽蒸腾的沼泽。将军手里端着费尔南达·巴里加给他拿来的那盘食物，但一口未吃，因为他已开始感到番石榴在肚子里作怪。德尔巴列医生后来用一句粗俗的话总结了他晋见的印象："那个人已经半截入土了。"凡是去见将军的人都有同感，只是表述方式不同。尽管如此，即使被他的衰弱状况深深打动的人也缺乏怜悯，坚持要他到附近城镇去赞助儿童福利事业，为一些民用工程奠基揭幕，或者看看由于政府工作疏懒而造成的民间生活贫困。

一小时后，番石榴引起的恶心和肠绞痛达到了令人惊慌的程度，虽然他很想满足从一早等到现在的人们的要求，却不得不中止接见。院子里都是人们带来送给将军的小牛犊、山羊、母鸡和各式各样的野味，挤得水泄不通。卫队的投弹手不得不出来维持秩序，幸亏下午第二场大雨使天气凉快一些，大家安静了一些，恢复了正常。

不顾将军明确拒绝，下午四时还是在附近一幢房子里准备了欢迎宴会。将军没有出席，因为番石榴的排气作用使他处于危急状态，直到夜里十一点多。他躺在吊床上痛得死去活来，猛放有番石榴气味的屁，觉得灵魂也要泻掉了。神甫送来当地药剂师配制的药。将军拒绝服用，他说："我吃错一帖催吐剂丢了权，再吃一帖连命也要丢掉。"他听其自然，直冒冷汗，打着寒战，他没有出席的宴会上隐约传来的优美弦乐声给了他少许安慰。他的水泻慢慢平息，肚子不痛了，这时音乐声也停止了，他觉得仿佛在虚无缥缈中浮沉。

他上次路过蒙博克斯差点成为最后一次。他以个人魅力和何塞·安东尼奥·派斯将军取得紧急和解，从加拉加斯回来，但派斯将军远没有放弃分裂的梦想。将军同桑坦德不和也是众所周知的，甚至走到了拒绝接受桑坦德信件的极端，因为他不再信任桑坦德的心地和人格了。"请您别费那个劲称呼我为朋友了。"他给桑坦德的信中说。桑坦德仇恨将军的直接借口是将军匆忙之中向加拉加斯人发表了一个公告，没有多加考虑就声称他的全部行动都以加拉加斯的自由与光荣为指导。他回新格拉纳达后，试图在对卡塔赫纳和蒙博克斯的公告中用一句恰如其分的话加以补救："加拉加斯给了我生命，你们给了我光荣。"但是这句话有点巧辞补救的味道，不足以平息桑坦德分子的煽动。

将军试图阻止最后灾难的发生，带了一支军队回圣菲，指望路上有别的部队参加,再次开始为一体化而努力。正如他去阻止委内瑞拉分裂时那样,他说那是他一生中的关键时刻。再细想一下,他就会明白将近二十年来,他生活中没有哪一个时刻不是关键性的。"整个教会,整个军队,绝大多数的人民都是支持我的。"后来他回想到当时形势时这样写道。虽然有这一切有利条件,他说,当他离开南方向北方进军,或者离开北方向南方进军时,他身后的地区就失去控制,新的内战毁了他的计划,这种情况已经多次得到证实。这就是他的命运。

桑坦德派的报刊一有机会就把他军事上的失败归因于他晚上的荒唐行为。在许多旨在贬低他光荣的谎言中,当时在圣菲曾传播的是一八一九年八月七日早上七点指挥博亚卡战役、从而奠定独立基础的不是他,而是桑坦德将军,因为他当时正在顿哈与总督社会一个声名狼藉的女人玩得高兴。

不管怎样,提到他晚上的放荡、败坏他名誉的不仅是桑坦德派的报刊。早在胜利之前,就有人说独立战争期间至少有三次战役败在他手里,因为当时他不在应该在场的地点,而在一个女人的床上。他另一次访问蒙博克斯时,有一队年龄不一、肤色各异的女人招摇过市,在街上留下一股刺鼻的香水气味。她们侧身骑在马上，打着印花缎子的阳伞，穿着本城从未见过的华丽的绸衣。人们纷纷猜测说，这些女人是打前站的将军的姘头。这当然像别的猜测一样是无稽之谈，但谁都不反驳，因为将军的战地后宫是人们茶余酒后的话题之一，他去世后还有许多人津津乐道。

这种歪曲报道的手法并不新奇。将军本人在反西班牙的战争中就用过，当时他吩咐在报纸上刊登一些假消息迷惑西班牙的司令官。共和国成立之后，将军指责桑坦德利用他控制的报刊干尽坏事，桑坦德以巧妙的讽刺来回答：

"我们有一个好老师，阁下。"

"一个坏老师，"将军反驳说，"总有一天你会想起我们编造消息的结果是搬起石头砸自己的脚。"

他对人们议论他的话，不论是真是假，都十分敏感，对造谣中伤一直耿耿于怀，临死的时候还力图要澄清。但他在避免授人以柄方面却很不注意。也是在上次路过蒙博克斯的时候，他为了一个女人把光荣豁了出去。

那个女人名叫何塞法·萨格拉里奥，是个贵族出身的蒙博克斯人，她穿着方济各会修士的带头罩的长袍，凭何塞·帕拉西奥斯告诉她的口令"上帝之乡"混过了七道岗哨。她浑身皮肤白皙得像是隐隐发光，在黑暗里也可以看到她的胴体。那天晚上，她不寻常的装饰压倒了她本身非凡的美丽，因为她前胸和后背缚着当地金银匠精心制作的一副黄金甲胄。当将军想抱她上吊床时，由于黄金分量太重几乎抱不动。一夜恣肆放纵之后，天亮时她觉得时间快得可怕，请求他让她再待一晚。

那要冒极大的风险，因为据将军密探的情报，桑坦德已经布置好一个阴谋意图剥夺将军的权力，分裂哥伦比亚。但那女人还是留了下来，不是一夜，而是十夜，两人玩得非常快活，觉得地老天荒再没有像他们这样真正相爱的了。

她把黄金留给了将军。"当作你的战争的花费吧。"她说。将军顾虑这笔财富是床上得来的，不太光彩，没有变卖，交给了一个朋友保存。后来就忘了那个女人。他最后一次到蒙博克斯，吃番石榴闹肚子之后，吩咐打开箱子清点财产时，才回想起她的名字和日期。

何塞法·萨格拉里奥的黄金甲胄制作精美绝伦，总重三十磅，简直是稀世珍品。此外还有一个箱子，内装二十三把叉、二十四把刀、二十四把大匙、二十三把小匙，几把夹糖块的小钳子，全部是金子打的，另外还有贵重的器具，曾在不同场合下留给别人保管，结果自己也忘了。将军的财产混乱得难以置信，在最意想不到的地方会有新的发现，到头来谁也不感到吃惊。他吩咐把那些黄金餐具收在行李里，装有黄金甲胄的箱子归还它的女主人。但是圣彼得使徒修道院院长告诉他，何塞法·萨格拉里奥由于合谋危害国家安全已被流放到意大利。

"肯定是桑坦德那浑蛋干的。"将军吃惊地说。

"不，将军，"神甫说，"是您自己放逐的，由于二八年的争吵。您不清楚被放逐的人中间有她。"

将军便吩咐在搞清情况之前，把那个甲胄箱仍旧留在原来的地方，不再过问流放的事。因为据他对何塞·帕拉西奥斯说，只要他一离开卡塔赫纳海岸，何塞法·萨格拉里奥肯定会随着他被放逐的敌人一起回来。

"卡桑德罗多半已在收拾行李了。"他说。

事实上，许多被放逐的人一听说将军准备去欧洲，纷纷开始回国。但是桑坦德将军考虑问题十分慎重，下的决心令人捉摸不透，是最后回国的人之一。将军辞职的消息使他处于戒备状态，然而他没有回国的表示，也不急于结束他的考察旅行，上一年十月，他到达汉堡之后就如饥似渴地开始在欧洲国家调查研究。一八三一年三月二日，他在意大利佛罗伦萨，从《商业日报》上看到将军去世的消息。但六个月之后他才不慌不忙地准备回国，那时候新政府已经恢复了他的军衔和荣誉,议会在他缺席的情况下选他出任共和国总统。

在离开蒙博克斯之前,将军去拜访了老战友洛伦索·卡尔卡莫将军,向他赔礼。那时候才知道卡尔卡莫病得很重,前一天下午为了去看将军才起床。虽然疾病缠身,卡尔卡莫说话声音仍旧十分响亮,得克制自己以免动作过于剧烈,不过他眼睛老是哗哗地淌泪,和情绪毫无关联,得不停地用枕头擦干。

他们一起抱怨各自的疾病,为人们的轻浮、胜利后的忘恩负义感到痛心,一起大骂桑坦德,桑坦德一向是他们之间必不可少的话题。将军很少像现在这样说得明确。一八一三年的战役期间,桑坦德拒不服从越过边境二次解放委内瑞拉的命令,洛伦索·卡尔卡莫目睹将军和桑坦德激烈争吵。卡尔卡莫将军一直认为那次争吵是两人暗中不和的起源,随着时间的推移日益激化。

将军却认为那不是伟大友谊的结束,而是开始。认为不和的起因不在于他授予派斯将军的特权,不在于那部不幸的玻利维亚宪法,不在于将军在秘鲁接受的独裁权力,不在于他渴望的哥伦比亚终身总统和议员的职务,也不在于奥卡尼亚国民大会以后他取得的绝对权力。不:造成他们之间日益加剧、以九月二十五日的暗杀到达顶点的严重反感的原因不在于此。"真正的原因是桑坦德永远不能接受美洲应成为单一国家的思想,"将军说,"他认为美洲的团结是不可能的。"他瞅着躺在床上的洛伦索·卡尔卡莫,就像躺在一场一开始就打败的战争的最后的沙场上,结束了他的拜访。

"死者已矣,这一切都无关紧要了。"他说。

洛伦索·卡尔卡莫看他悲哀空虚地站起身,觉察到回忆对将军造成的负担远比岁月更重,正如他自己的情况一样。他双手握住将军的手时,发现两人都在发烧,心想不知谁先去世,一别将成永诀。

"世界毁啦,老西蒙。"洛伦索·卡尔卡莫说。

"毁掉的是我们,"将军说,"如今只有从头开始。"

"那我们就开始吧。"洛伦索·卡尔卡莫说。

"我不行了,"将军说,"我现在就差给扔进垃圾桶了。"

洛伦索·卡尔卡莫送给他装在漂亮的红缎子盒里的一对手枪。他知道将军不喜欢使用火器,在为数不多的私人争斗中宁肯用剑。但是那两把手枪曾用于一次为爱情的决斗,杀了对手,具有特殊意义,将军激动地接受了。几天后,他在图尔巴科接到消息说卡尔卡莫将军已经病逝。

五月二十一日，星期天，下午重新起航，征兆很好。舢板顺流而下，不用桨手们花大气力，就把板岩的峭壁和海市蜃楼般的河滩抛在后面。现在遇到的木筏比先前多，仿佛也漂得快些。同他们最初见到的木筏不一样的是，这些木筏上盖了梦幻似的小屋子，窗口放着花盆，晾着衣服，还有铁丝编的鸡笼，奶牛，未老先衰的小孩在舢板过去很久之后，还做着告别的姿势。他们在一段缓流的河道借着星光航行了一夜。拂晓时，已到了晨光下的桑布拉诺镇。

港口一株巨大的木棉树下，绰号"大小孩"的堂卡斯图洛·坎比略在等候他们，坎比略家里准备好了木薯大蕉炖肉招待将军。这次邀请的起因是传说将军第一次来桑布拉诺时，在港口岩石上一家破旧不堪的客栈里吃了午饭，将军说单冲那鲜美的炖肉每年都得来一次。客栈的女主人不敢怠慢显赫的客人，派人去向本镇望族坎比略家借盘子刀叉。将军记不太清当时的情景，他和何塞·帕拉西奥斯都不敢肯定海岸附近的木薯大蕉炖肉跟委内瑞拉的炖菜是不是一回事。可是卡雷尼奥将军认为是一样的，并且认为他们确实在港口的客栈吃过，不过不是在解放马格达莱纳河流域期间，而是三年前乘汽轮来这里的时候。将军对自己日益衰退的记忆感到不安，不加申辩地接受了他的证词。

为卫队的投弹手开的午饭摆在坎比略家院子的大杏树下面，长条木板上没有铺桌布，用大蕉叶子代替。在俯视院子的阳台上为将军和他的军官们以及少数几个客人摆了一张桌子，严格按照英国规矩放着豪华的餐具。女主人解释说他们凌晨四点钟才接到蒙博克斯的消息，几乎来不及宰杀他们牧场上饲养得最肥的一头牛。现在总算切成大块大块的，和菜园里的各种果蔬在大锅里炖得正欢。

将军听说事先没有通知就替他准备了饮宴很不高兴，何塞·帕拉西奥斯使出浑身解数，好说歹说，将军才同意下船，饮宴的热烈气氛使他情绪有所好转。他真诚地赞扬宅院的雅致和主人家年轻姑娘的温柔，她们按旧时的规矩腼腆而殷勤地照应主宾席。他尤其赞赏餐具的精致和银刀叉的纯正，那些刀叉上面带有某个由于改朝换代而败落的家族的纹章，不过他还是用自己带来的餐具。

唯一使他不快的是一个寄居在坎比略家的法国人，此人也参加了午宴，迫不及待地要在高贵的客人面前卖弄他对人间天上一切不解之谜的渊博知识。他在海难中丢失了全部行李，将近一年来带着侍从和仆人占据了半幢房子，等待来自新奥尔良的没有把握的接济。何塞·帕拉西奥斯听说他名叫迪奥克塞·阿特兰蒂克，但弄不清楚他的身份，在新格拉纳达干什么。如果光着身子、手里拿一支三叉戟，他倒像是海神涅普顿。他的粗俗和邋遢在镇上出了名。同将军共进午餐的机会使他大为兴奋，他洗了澡，修了指甲，五月份的大热天穿得像冬天在巴黎沙龙的打扮，身着法国督政府时期老式的缀着金纽扣的蓝色上衣和条纹裤子。

寒暄后，他就用纯正的西班牙语开始了百科全书式的讲座。他说他在格勒诺布尔小学时代的一个同学经过十四年焚膏继晷的研究解开了埃及象形文字之谜。玉米的发源地不是墨西哥，而是美索不达米亚的一个地区，那里发现了比哥伦布到达安的列斯群岛时期更早的玉米化石。亚洲古国亚述人早已通过实验得出了星体对疾病产生影响的证据。同最近出版的一部百科全书上说的相反，直到公元前四百年，希腊人才知道猫这种动物。他滔滔不绝地说这说那，偶尔停一会儿腾出嘴来抱怨克里奥约人①烹饪文化的落后。

将军坐在他对面，假装吃得比实际上更多；目光不离开盘子，不理睬他。法国人一开始就企图用法语和将军谈话，将军客气地用法语回答，然后马上讲西班牙语。他那

---

① 对出生于美洲而双亲是西班牙人的白种人的称呼。在西班牙殖民时期，克里奥约人一般被排斥于教会和国家的高级机构之外。将军本人也是克里奥约人。

天的耐性连何塞·劳伦西奥·席尔瓦也感到意外,因为席尔瓦了解欧洲人的傲慢独断最使将军恼火。

法国人高声同席上别的客人讲话,但显然只想引起将军的注意。突然,他自陈冒昧,直接问将军:对于新成立的共和国来说,究竟哪一种政府制度最合适?将军的目光仍不离开盘子,反问他说:

"您的意见呢?"

"我的意见是波拿巴的榜样不但适合我们,还适合全世界。"法国人说。

"我料到您会有这种看法,"将军并不掩饰讽刺的口气,"欧洲人认为只有欧洲的发明才适用全世界,凡是与之不同的东西都该受到谴责。"

"我一向以为阁下主张用君主制解决问题。"法国人说。

将军第一次抬起眼睛。"那您的看法应该被纠正了,"他说,"我的额头永远不会被皇冠玷污。"他指指他的副官们说:

"我把伊图尔比德留在身边就是为了经常提醒自己。"

"顺便提一句,"法国人说,"当他们枪决那位皇帝的时候,您发表了一项声明,对欧洲的君主们是很大的鼓舞。"

"我当时说的话现在仍然一句不改,"将军说,"伊图尔比德那样平凡的人做出那样不平凡的事，使我钦佩；上帝保佑我没有走他的道路，但愿也保佑我免遭他的命运，尽管我知道免不了要像他一样受到忘恩负义的对待。"

接着，他企图缓和一下生硬的态度，解释说，在新的共和国建立君主制度原是何塞·安东尼奥·派斯将军的设想。这个想法在形形色色的私心杂念的推动下得到了扩散，他本人也想过，披着终身总统外衣的君主制度，不失为竭力争取与维持美洲统一的不得已的办法。但他很快就发现这种想法是荒谬的。

"我认为联邦制度也行不通，"他最后说，"联邦制度对我们这些国家过于完美了，它要求的聪明才干远不是我们现在所有的。"

"不管怎么样，"法国人说，"使历史失去人性的不是制度，而是实行制度的偏差。"

"我们太熟悉这种说法了，"将军说，"骨子里还是本杰明·康斯坦的那套蠢话，那个在欧洲首屈一指的趋炎附势的人先反对革命，后来又支持革命，一会儿反对拿破仑，一会儿成了拿破仑的廷臣，晚上拥护共和，早上支持君主制度，朝三暮四，由于欧洲的强大，他现在又成了评判我们是非的绝对权威。"

"康斯坦抨击专制的论点很透彻。"法国人说。

"作为一个好法国人,康斯坦先生狂热地鼓吹专制利益,"将军说,"与之相反,在这场论争中,只有普拉特长老说的政治取决于地点和时间这句话才一针见血。在你死我活的战争中,我本人就曾下令一天之内处决了八百名西班牙俘虏,包括拉瓜伊拉医院的伤病员。今天如果遇到同样情况,我还会毫不犹豫地下同样的命令,欧洲人没有指责我的道德根据,因为如果说有哪一部历史充斥了血腥、卑鄙和不公,那就是欧洲的历史。"

在那片似乎笼罩全镇的肃静中,将军越是深入分析,越是激起了自己的怒火。法国人茫然失措,想插嘴,但将军做了一个手势止住了他,将军列举了欧洲历史上令人毛骨悚然的大屠杀。圣巴托洛梅夜①,十小时之内死亡人数超过两千。文艺复兴的鼎盛时期,帝国军队的一万二千名雇佣兵在罗马烧杀掳掠,杀了八千居民。俄罗斯沙皇伊凡四世,也就是伊凡雷帝,消灭了莫斯科和诺夫哥罗德之间所有城市的居民;仅仅由于怀疑有人阴谋反对他,在诺夫哥罗德一次进攻中就屠杀了两万居民。

---

① 1572年8月24日,法国国王查理九世在母亲的胁迫下,在巴黎屠杀新教徒,屠杀迅速扩展到全国,导致了法国第二次宗教战争。

"因此请你们别再告诉我们该做什么了，"他结尾说，"别试图教训我们该怎么为人行事，别试图使我们变得同你们一样，别要求我们在二十年之内干好你们在两千年之内都干不好的事情。"

他把刀叉搁在盘子上，第一次用喷火的眼睛盯着法国人："对不起，让我们太太平平地过我们的中世纪生活吧！"

他一阵咳嗽，喘得上气不接下气。咳嗽平息之后，愤怒的痕迹也一丝不剩。他转向"大小孩"坎比略，朝他粲然一笑。

"请原谅，亲爱的朋友，"他说，"在如此令人难忘的午宴上讲这些唠叨话太不合适了。"

威尔逊上校把这件事告诉了当时的一个编年史作家，作家认为不值一记。"可怜的将军已经盖棺论定了。"他说。凡是见到将军最后一次旅行的人基本上都有这种看法，也许正因为如此，谁都没有留下文字记载。他的陪同人员中甚至有人认为将军不会被载入史册。

过了桑布拉诺之后，沿岸的丛林不那么浓密，城镇的色彩比较鲜明欢快，某些地方街上还有自得其乐的乐师在演奏。将军躺在吊床上想安安静静地睡个午觉，忘掉那个法国人的狂妄，但是不容易。他还是想到那个法国人，对何塞·帕拉西奥斯埋怨自己当时没有找到准确的词句和颠扑不破的论点，现在躺在吊床上才想起，可是对手已不在面前。傍晚时，他情绪好一些，嘱咐卡雷尼奥将军让政府想些办法改善那个落难的法国人的命运。

沿岸景色的变化越来越清楚地表明已经接近海洋，大部分军官兴高采烈地帮桨手们划船，用刺刀当鱼叉捕杀鳄鱼，把轻易的工作搞得复杂化，像卖苦力似的发泄过剩的精力。何塞·劳伦西奥·席尔瓦由于母亲家有好几个人害白内障，老是害怕自己遗传这种眼疾而失明，总是尽可能白天睡觉，夜间干活。他摸黑起来，学着成为一个有用的瞎子。将军在野战营地失眠时常常听到他干木匠活的声音：把砍下的树锯成板材，为了不吵人睡觉，用布包好锤子，钉成器具。第二天在阳光底下很难相信那些木工细活是黑地里做的。在皇家港的那晚，哨兵还以为有人想摸到将军的吊床那边去，何塞·劳伦西奥·席尔瓦赶紧说出口令才免挨一枪。

航行更为迅速平稳，唯一的倒霉事是艾尔勃斯海军准将的一艘汽轮吭哧吭哧迎面驶来，激起的尾浪使舢板摇晃得很危险，掀翻了供应船。汽轮船舷上漆着几个大字："解放者号"。将军沉思地望着，直到危险过去，汽轮驶远。"解放

者。"他自言自语说。接着,像翻过一页书似的,又说:

"想想看,那就是我!"

晚上,他醒着躺在吊床上,桨手们在猜着辨认丛林中的各种声音:卷尾猴、鹦鹉、大王蛇。突然有个桨手莫名其妙地说起坎比略家把英国餐具、波希米亚的玻璃杯和荷兰的桌布埋在院子地下了,怕的是传染痨病。

虽然街谈巷议都说将军害的是痨病,马格达莱纳河一带已经人人皆知,不久即将传遍沿海一带,将军本人却是第一次听到这个诊断。何塞·帕拉西奥斯觉察到这句话刺痛了将军,因为他的吊床不摇晃了。他想了好久之后说:

"我吃饭时用的是自己的餐具。"

第二天,他们在特纳里菲靠岸,补充翻船损失的给养。将军待在舢板上不暴露身份,但派威尔逊去打听一个姓勒努瓦或者勒努瓦尔的法国商人,他有个名叫安尼塔的女儿,现在该有二十来岁。特纳里菲查无此人,将军便要威尔逊去瓜伊塔罗、萨拉米纳和埃尔比尼翁几个附近的镇子上再打听,最后才确定传说之事毫无事实根据。

将军的关心可以理解,因为多年来从加拉加斯到利马一直有居心叵测的流言,说他在马格达莱纳河战役期间途经特纳里菲时,和安尼塔·勒努瓦之间有段失去理智的、不正当的私情。他牵肠挂肚地想辟谣，可是无能为力。首先，他的父亲胡安·文森特·玻利瓦尔上校也几次受到指控，说他奸污了成年和未成年的女人，还和许多别的女人有不正当关系，不得不受圣马特奥镇的主教的传讯。其次，马格达莱纳河战役期间，将军在特纳里菲只待了两天，根本没有足够的时间形成如此炽烈的爱情。但是人们说得有鼻子有眼，甚至说特纳里菲公墓里有一座竖着安·勒努瓦小姐石碑的坟墓，到十九世纪末叶还有情人们前去凭吊。

何塞·马利亚·卡雷尼奥因断臂感到的不适常常引起将军侍从们善意的取笑。他能感到手的动作，指头的触摸，变天时已经截去的骨头的酸痛。他还有足够的幽默感来取笑自己。可是使他不安的是他睡着时有回答别人问话的习惯。他可以同别人进行任何内容的对话，完全丧失清醒时的自制，他会透露清醒时不至于讲出的打算和失望，有一次他在梦中违犯了军事纪律，受到了没有根据的指责。航行的最后一晚，何塞·帕拉西奥斯守在将军的吊床旁边，听到卡雷尼奥在船头说：

"七千八百八十二。"

"你在说什么呀？"何塞·帕拉西奥斯问道。

"星星。"卡雷尼奥说。

将军认为卡雷尼奥一定是在讲梦话，睁开眼睛，在吊床上坐起身来看窗外的夜空。寥廓的天空群星灿烂，没有一块空白的地方。

"至少十倍于你的数目。"将军说。

"就是我说的数目，"卡雷尼奥说，"还有两颗在我计算时陨落了。"

将军下了床，看到他仰躺在船头，比任何时候都更清醒，光着的身体上疤痕纵横交错，伸着手臂断肢在数星星。在委内瑞拉的白山战役之后，人们发现他浑身血污，几乎已被肢解，以为他已经死了，就让他躺在泥里。他受了十四处刀伤，其中几处害他丢了胳臂。后来在几次不同的战役中又受过几处伤。但是他人残志不残，学会了熟练地使用左手，不仅以使用武器凶狠，还以书法漂亮出名。

"连星星也逃不脱毁灭的命运，"卡雷尼奥说，"现在比十八年前少了。"

"你神经出毛病了。"将军说。

"不，"卡雷尼奥说，"我老了，可是我不承认我老了。"

"我比你整整大八岁。"将军说。

"我按每一处伤疤加两岁计算，"卡雷尼奥说，"这样我就是所有人中间年岁最大的。"

"如果这么计算,最老的该是何塞·劳伦西奥,"将军说,"六处枪伤,七处长矛伤,两处箭伤。"

卡雷尼奥觉得这句话不顺耳,反唇相讥说:

"那最年轻的应该是你:连皮都没有刮破过。"

将军不是第一次听到这句像是谴责的实话,但是出自卡雷尼奥之口一点也不使他生气,因为他们的友情已经受过最严峻的考验。将军在他身旁坐下,一起观看河水映出的星星。过了好久之后,卡雷尼奥再说话时,他已深入梦乡了。

"我不承认这次一走生命就结束了。"他说。

"生命并不只以死亡为结束,"将军说,"还有别的方式,甚至某些更光彩的方式。"

卡雷尼奥不愿意承认。

"总该干些什么,"他说,"即使让我们洗个紫香菊浴也好。不仅我们,还有整个解放军。"

将军第二次去巴黎时,还没有听说委内瑞拉民间流行的祛除厄运的紫香菊浴。洪堡的合作者,艾梅·彭普兰博士郑重其事地向他介绍了这种花有科学根据的特效。那一时期,将军还认识了法兰西法院一位德高望重的审判官,他年轻时到过加拉加斯,当时经常参加巴黎的文学沙龙,漂亮的长头发和长胡子由于洗了这种净化浴,给染成了紫色。

将军对一切带有迷信或神秘色彩的事物,对一切违反他老师西蒙·罗德里格斯教导的理性主义的盲目崇拜都嗤之以鼻。当时他年方二十,新近丧妻,腰缠万金,对拿破仑·波拿巴的加冕迷惑不解,参加了共济会,高声背诵《爱弥儿》和《新爱洛伊丝》中他喜爱的篇章,把卢梭的这两本书长期搁在床头。他拉着老师的手,背着行囊,徒步走遍了半个欧洲。堂西蒙·罗德里格斯在一座小山头望着脚下的罗马城响亮地发出了他对美洲命运的预言。而将军看得更清楚。

"对那些讨厌的西班牙人,只有把他们踢出委内瑞拉。"他说,"我向你宣誓:我要这么做。"

当他到了法定年龄,有权支配他继承的遗产时,他开始过着狂热的时代和他果敢的性格所要求的生活,三个月内花了十五万法郎。他住巴黎最昂贵的旅馆最豪华的房间,有两个穿制服的仆人,一辆由土耳其车夫驾驭、白马拉套的马车,不同的场合有不同的情妇,不论是在普罗科普咖啡馆他常占的桌子旁,在蒙马特的舞会上,或是在歌剧院他的包厢里都带着花枝招展的女人,他还告诉人家他一夜之间在轮盘赌桌输了三千比索。

回加拉加斯之后,他对卢梭仍比对自己的心更亲,热情不减地重读《新爱洛伊丝》,那本书都被磨破了。可是在九月二十五日事件前不久,他已经履行并超过了他在罗马作的誓言,曼努埃拉·萨恩斯第十遍重读《爱弥儿》时,将军打断了她,说那本书讨厌。当时他还说:"一八〇四年的巴黎比任何地方更使我感到厌倦。"然而他在巴黎的时候,他的命运还没有在紫香菊的预兆性的水里浸染过,他认为自己很幸福,甚至是世上最幸福的人。

二十四年后,他遭到失败,病得要死,在马格达莱纳河魔幻般的景色中想得出神,也许在自问有没有勇气抛开何塞·帕拉西奥斯为他准备的牛至、鼠尾草和苦橘叶煮的用来分神的洗澡水,采纳卡雷尼奥的劝告,带着他的叫花子似的军队,他的百无一用的光荣,他的痛定思痛的失误以及整个祖国,浸入紫香菊的拯救的海洋。

那一晚万籁俱寂,像在平原上广阔的潮淹区一样,周围几里路远的悄悄谈话声都清晰可闻。克里斯托弗·哥伦布也遇到过相似的情景,在日记中写道:"我整夜都听到有鸟飞过。"经过六十九天的航行,哥伦布已经接近陆地。将军也听到鸟飞过的声音。卡雷尼奥入睡时,大概八点,开始有鸟飞过，一小时后，头上飞过的鸟越来越多，鸟翅扇起的风比自然风更大。不久，舢板底下有几条失群的大鱼在映着星光的水里游过，东北方向飘来一阵阵夹着霉臭气味的风。那种奇特的自由感在人们心中激起的巨大力量不看也能觉察出来。"慈悲的上帝，"将军叹道，"我们到了。"确实如此。前面就是海，海那面是另一个世界。

就这样,将军又来到图尔巴科,仍旧住在那幢阴凉的房子里,有大的月形拱,落地窗朝着碎石铺就的广场,在隐修院式的院子里他曾见过新格拉纳达的大主教兼总督堂安东尼奥·卡巴列罗-冈戈拉的幽灵,据说月光之夜他在甜橙树下散步,试图减轻他的累累过错和沉重的孽债。同海岸燠热潮湿的气候相反,图尔巴科凉爽宜人,因为它海拔较高,附近小河岸边有许多根须虬结的巨大的月桂树,士兵们就躺在树荫下午睡。

两夜前,他们总算到了沿河航行的终点新峡,由于事先订好的住处和骡子没有准备就绪,只得凑合睡在堆大米口袋和生皮的发臭的篷子里。到达图尔巴科时,将军浑身湿透而且酸痛,困得要命,但又睡不着。

行李还没有卸完,将军到达的消息已经传到仅六里路外的卡塔赫纳,省行政长官和军事司令马里亚诺·蒙蒂利亚将军做了安排,第二天组织群众欢迎。可是将军没有兴致。他对冒雨在公路上等候的人像老朋友那样热情地招呼,但坦率地请求他们让他独自安静一会儿。

事实上,尽管他竭力掩饰,他的身体情况比情绪更坏,侍从们也注意到他一天不如一天。他疲惫不堪。皮肤从青灰变成了带死气的黄色。他老是发烧,头痛一刻不停。神甫要去请医生,将军反对说:"如果我把医生们当一回事,我早就入土了。"他本想第二天前去卡塔赫纳,可是早晨听说港口没有去欧洲的船只,刚到的邮件中也没有他的护照,于是决定停留三天休息休息。军官们很高兴,不仅为他的健康着想,还因为私下传来的有关委内瑞拉局势的消息对他的情绪也不利。

但是他无法阻止人们不断地燃放爆竹直到火药用尽,近处安置了一个风笛手乐队,一直演奏到深夜。他们还从邻近的马里亚拉巴哈沼泽地请来一群黑人男女,穿着十六世纪欧洲宫廷服装,以非洲舞蹈的风格滑稽地跳西班牙的宫廷舞。将军上次来这里时特别喜欢,看了好几次,这次特意请了来,可是将军一眼都不看。

"叫他们离得远远的。"他说。

卡巴列罗－冈戈拉总督盖了这幢房子,在里面住过三年,屋子里常有令人毛骨悚然的回声,据说是他的冤魂不散。将军不想再住上次住的房间,因为每晚都梦见一个头发光亮的女人在他脖子上系一条红缎带,一次又一次地把他弄醒,直到天亮。因此他吩咐把吊床挂在厅里的铁钩上,睡了一会儿,没做噩梦。外面大雨滂沱,一群小孩趴在临街的窗口看他睡觉。一个小孩悄悄地呼唤:"玻利瓦尔,玻利瓦尔。"他在高烧的迷雾中寻找,小孩问道:

"你喜欢我吗?"

将军颤巍巍地微笑点头,接着他吩咐把整天在房子里乱跑的鸡轰走,让小孩都走开,关上窗户,重新再睡。醒来时外面还在下雨,何塞·帕拉西奥斯准备挂蚊帐。

"我梦见街上的一个小孩在窗外问我一些奇怪的问题。"将军告诉他。

将军二十四个小时没有吃过东西,同意喝一杯煎剂,但是没能喝完。他一阵晕眩,又躺在吊床上,迷迷糊糊地沉思,瞅着倒悬在屋顶梁上的一排蝙蝠。最后他叹了一口气说:

"咱们要埋在别人的施舍中啦。"

他一路过来，对沿河一带向他诉说苦处的解放军旧军官和普通士兵十分慷慨，到了图尔巴科时旅费只剩下四分之一。还不知道省政府千疮百孔的金库里有没有钱兑现他那张汇票，或者有没有可能让一个投机倒把的商人贴补。到欧洲之后立即要支付安置费用，他指望英国感恩图报，因为他给了英国不少好处。"英国人是欢迎我的。"他常说。至于如何不失旧日体面地维持生活和最少限度的仆人和侍从，他指望卖掉阿罗阿的矿。话虽这么说，如果真要走的话，他和侍从的船票以及旅途花费必须明天就凑齐，而他手头的钱款还差一大截。不过他在关键时刻能发挥无穷的想象力，他不能坐以待毙。尽管发烧头痛，眼里金星直冒，他强打精神，克服了昏昏沉沉，向费尔南多口授了三封信。

第一封是给苏克雷元帅送行信的感情真挚的答复，其中只字不提他的病情，虽然平时遇到那天下午的情况，迫切需要人们同情时他常谈自己的病痛。第二封是给卡塔赫纳的省长堂胡安·德迪奥斯·阿马多尔的信，请他兑现那张给省金库的八千比索的汇票。"我很穷，需要这笔钱才能离开。"信中说。请求很见效，不出四天就得到了首肯的答复，费尔南多便去卡塔赫纳取款。第三封信是给哥伦比亚驻伦敦公使、诗人何塞·费尔南德斯·马德里的，请求他支付将军给罗伯特·威尔逊爵士开的一张汇票和另一张给英国教授约瑟夫·兰开斯特的汇票，金额是二万比索，为了酬谢他在加拉加斯推行了一种互教互学的新型教育制度。"这件事牵涉到我的信誉。"信中说。他预计到那时候他的诉讼总该解决，矿也该卖掉了。这件事徒劳无功：信到伦敦时，费尔南德斯·马德里公使已经去世。

军官们在内宅回廊里玩牌，大声嚷嚷地争吵，何塞·帕拉西奥斯做个手势让他们安静些，但他们仍旧低声争吵，直到附近教堂敲了十一点的钟。过后不久，街上的风笛声和鼓声停息了，远处的海风带走了下午阵雨后又积聚起来的乌云，一轮皓月挂在甜橙树院上空。

将军傍晚以后一直发烧说胡话，何塞·帕拉西奥斯须臾不离。他给将军熬了一帖惯用的汤剂，用山扁豆液灌了肠，只盼望一个比他有权威的人提出请医生，但谁都不敢。将军在快天亮时才迷迷糊糊睡了一小时。

那天，马里亚诺·蒙蒂利亚将军带了将军在卡塔赫纳的几个好朋友来看将军，其中有玻利瓦尔派的三个有名的胡安：胡安·加西亚·德尔里奥、胡安·德弗朗西斯科·马丁和胡安·德迪奥斯·阿马多尔。将军挣扎着想从吊床上起来，连同大家一一拥抱的气力都没有，使那三人惊骇万分。

他们参加制宪议会时见过将军，在这么短时间内见他消瘦成这副模样简直不相信自己的眼睛。他形销骨立，目光不能盯住一个地方。他准意识到自己呼吸的臭气和热度了，因为他总是隔得远远的、几乎侧着脸说话，但最引起他们注意的是，他身材显然缩短，蒙蒂利亚将军和他拥抱时似乎觉得他只够到自己的腰部。

将军体重本来有八十八磅，临死时至少轻了十磅。据官方记录，他身高一米六五，不过他的医疗档案同军队里的档案不尽一致，在验尸台上测量的结果少了四公分。他的脚和手同身躯相比小得出奇，仿佛也缩小了。何塞·帕拉西奥斯注意到他的裤子后来长了，几乎要束到胸口，衬衫袖子也长了，要卷起袖口。将军注意到客人们的惊奇，承认说他一向穿的法国标准的三十五号靴子自一月份以来就觉得大了。蒙蒂利亚将军一向以在尴尬的情况下机智风趣而闻名，结果也变得伤感了。

"要紧的是，"他说，"阁下在我们心目中不要缩小。"

像往常一样，他说了这句风趣话后自己哈哈大笑。将军报之以老朋友的笑容，把话题扯开。天气好了，露天很适于聊天，但他宁愿坐在吊床上，就在他睡觉的厅里接待来访者。

主要的话题是全国形势。卡塔赫纳的玻利瓦尔分子拒绝承认新宪法和当选的政府官员，借口是桑坦德派的学生对议会施加了不能容忍的压力。然而忠诚的军人们由于将军的命令采取了不介入的态度，支持将军的乡村教士没有机会动员起来。卡塔赫纳一个卫戍区的司令、忠于将军事业的弗朗西斯科·卡蒙纳将军几乎要发动起义，现在仍旧跃跃欲试。将军请蒙蒂利亚把卡蒙纳找来，以便亲自说服他。然后将军没有看谁，但当着所有在场的人给新政府做了一个粗暴的概括：

"莫斯克拉是个胆小鬼，凯塞多趋炎附势，两个人都被圣巴托洛梅法学院的那些小子吓坏了。"

他想说的是总统软弱，副总统是个机会主义者，会随风倒，改换门庭。他还用他脾气最坏时的尖刻口气说，他们两人都有一个当主教的兄弟毫不奇怪。与此相反，他认为新宪法比想象的要好一些，在目前的历史时期，危险不在于选举失败，而在于桑坦德从巴黎写信鼓动的内战。当选总统在波帕扬发出了种种维护秩序和团结的号召，但迄今没有说过是否接受总统职务。

"他在等凯塞多背黑锅。"将军说。

"莫斯克拉该到圣菲了，"蒙蒂利亚说，"他是星期一离开波帕扬的。"

将军事前不知道,但并不感到意外。"你们瞧,该行动的时候他就像尿泡那样泄气了,"他说,"那家伙当个政府的门房都不够格。"他沉思很久,愁上眉梢。

"真遗憾,"他说,"合适的人是苏克雷。"

"最杰出的将军。"德弗朗西斯科笑着说。

尽管将军竭力阻止扩散,这句话已经全国皆知。

"乌达内塔的名言!"蒙蒂利亚开玩笑说。

将军不理会他们的打岔,半真半假地想了解当地政治的内情,但蒙蒂利亚突然又回到他自己刚才打断的严肃问题上。"对不起,阁下,"他说,"您比谁都了解我是钦佩大元帅的,但他不是合适的人选。"接着,他戏剧性地强调说:

"合适的人是您。"

将军断然否定。

"我已经不存在了。"

他接着谈苏克雷元帅是如何拒绝了他请元帅出任哥伦比亚总统的请求。"他具备一切条件能使我们避免无政府主义的混乱,"将军说,"但他让自己给塞壬的歌声迷住了。"加西亚·德尔里奥认为真正的原因是苏克雷对掌权完全没有使命感。将军觉得这不是不可逾越的障碍。"人类的漫长历史已经多次证明,使命感是需要的必然产物。"他说。不管怎样,这一切都是过眼云烟,因为他比谁都清楚,共和国最杰出的将军所属的不是他那昙花一现的军队。

"伟大的权力存在于爱情不可抗拒的力量中。"他说,接着补充了这句调皮话,"苏克雷本人说的。"

他在图尔巴科想起苏克雷元帅时,苏克雷已离开圣菲前往基多,他灰心而孤单,但正当壮年,身体健康,声名显赫。他动身前夕办的最后一件事是秘密地去埃及区见了一个有名的女巫,女巫曾在几次战事行动之前向他指点过凶吉,这次从纸牌上看出,即使当时海上风浪较大,对他来说最幸运的还是海路。阿亚库乔大元帅认为娇妻爱女等得心急,走海路太慢,不顾纸牌的明智判断,还是决定走陆路,听其自然。

"所以我们无事可干,"将军结束说,"我们内耗太重,最好的政府也成不了气候。"

他了解当地这些支持他的人。在解放战争中,他们都是叱咤风云的人物,拥有不少头衔,可是在政治小节上热衷耍小花招,卖官鬻爵,甚至和蒙蒂利亚结盟来反对他。像对其他许多人一样,将军不说服他们决不罢休。他要求他们即使牺牲个人利益也得支持政府。他的理由和往常一样也有预言的味道:他去世后,他现在要求大家予以支持的政府肯定会召回桑坦德,桑坦德光荣归来,清除他理想的断砖残瓦,他多年征战、做出无数牺牲才创立的广阔统一的祖国将土崩瓦解,党派四分五裂,他的名字将遭到后世辱骂,他的事业遭到破坏。但只要目前能防止流血,这一切他都无所谓了。"暴乱就像海浪,"他说,"一浪高过一浪,因此我从来就不赞成。"最后他出乎来访者意外地说:

"你们也许不信,这几天我甚至为我们对西班牙人的做法感到遗憾。"

蒙蒂利亚将军和他的朋友们觉得一切就此结束。告辞之前,他们接受将军赠送的有他侧面像的金勋章,不禁有接受遗物之感。他们向门口走去时,加西亚·德尔里奥低声说:

"他脸上已经有了死气。"

由于房屋的回声,将军听到了这句话,一宿不痛快。可是弗朗西斯科·卡蒙纳将军第二天来时,见他气色很好,大为惊奇。将军在甜橙花飘香的院子里,躺在何塞·帕拉西奥斯为他挂在两株甜橙树间的吊床上,吊床是在邻近的圣哈辛托镇订制的,用丝线绣了将军的名字。他刚洗了澡,头发往后平梳，穿着蓝色呢上衣，有一种天真的光彩。他缓缓晃悠，向他的侄子费尔南多口授一封语气愤怒的给凯塞多代理总统的信。卡蒙纳将军觉得他并不像人们所说的那样不久于人世，也许是因为他正在气头上。

卡蒙纳太引人注目，无论到什么地方都不可能不被看到，但是将军一面口授信件，指责诽谤他的人背信弃义，一面视若无睹地看着卡蒙纳。口授完毕之后才转向那个矗立在吊床前、直盯着他的大汉，招呼也不打就问道：

"你也认为我是鼓吹暴乱的人吗？"

卡蒙纳将军预料到这次接见不会太客气，傲慢地反问道：

"将军从哪里得出这个推论？"

"就从这些推论里得出来的。"将军说。

他给卡蒙纳看刚从圣菲邮班收到的剪报，报上再次指责他暗中煽动投弹手部队哗变，企图违反议会决定重新上台。"卑鄙无耻，胡说八道，"将军说，"我费了大劲号召团结，这些狗娘养的却说我搞阴谋。"卡蒙纳将军看了剪报大失所望。

"我不但相信，"他说，"我还希望它是真的。"

"我早料到了。"将军说。

他没有表示不高兴,只请卡蒙纳稍候片刻,等他把那封再次要求给他豁免让他出国的信口授完。完事后他已经恢复了平静,速度之快同看了剪报顿时冒火的时候一样。他没让人搀扶,自己下了床,拉着卡蒙纳将军的胳臂到水池旁边去散步。

一连下了三天雨,终于放晴,阳光像黄金粉末透过枝叶繁茂的甜橙树撒落下来,鸟儿高兴地在甜橙花丛中蹦跳啭鸣。将军凝神听了片刻,几乎像是叹息地说:"幸好鸟还在叫。"然后他旁征博引地向卡蒙纳将军解释,为什么安的列斯群岛的鸟叫四月份比六月份好听,接着,他语气毫无变化,把话题转到自己的事情上。不出十分钟,他已经说服卡蒙纳必须无条件地服从新政府的权威。之后,他把卡蒙纳一直送到门口,自己回寝室给曼努埃拉·萨恩斯写信,曼努埃拉还在抱怨政府对她设置通信障碍。

费尔南达·巴里加做了一盘嫩玉米糁粥,端到寝室,他边写信,边喝了粥,当作午饭。午睡时,他请费尔南多把昨晚已经开始读的一本中国植物学书继续念给他听。不一会儿,何塞·帕拉西奥斯煮好一锅牛至药草汤,端到寝室让他洗热水浴,发现费尔南多坐在椅子上睡着了,膝头是那本打开的书。将军醒着躺在吊床里,伸出食指搁在唇前，示意他别出声。两星期来，他第一次退了烧。

他等着一班又一班的邮件，拖延时间，在图尔巴科待了二十九天。他曾两度来此地，第二次才真正体会到这里有助健康的医疗作用；那是三年以前的事了，当时他从加拉加斯去圣菲阻止桑坦德的分裂计划。小城的气候对他十分合适，原先打算只住两宿，结果逗留了十天。每天都像是庆祝节日，热闹非凡，最后还举行盛大的斗牛，他本来对这种娱乐没有好感，居然亲自上场对付一头小牛，牛角挑飞了他手里的那块红布，引起人群一阵惊呼。现在是第三次重游旧地，苦难的历程接近尾声，时间的推移加深了他的疑虑，到了难以忍受的地步。雨下得更频繁，更凄凉，每天干等，等来的都是坏消息。有一晚，何塞·帕拉西奥斯值夜时清醒地听到他在吊床上叹息说：

"天知道苏克雷在什么地方！"

蒙蒂利亚将军又来过两次，觉得他比第一天好多了。仿佛逐渐恢复了以前的劲头，尤其是他一再责怪卡塔赫纳没有履行蒙蒂利亚将军第一次来访时做出的保证，至今没有给新宪法投票，也没有承认新政府。蒙蒂利亚将军临时找了一个借口，说是卡塔赫纳方面在观望，想先知道华金·莫斯克拉是否同意出任总统。

"越早越好。"将军说。

第二次见面时,他更强烈地提出要求,因为他从小就认识蒙蒂利亚,知道蒙蒂利亚推说别人反对,其实是自己不愿意。他们两人不仅有门第和职业的友谊维系,而且可以说是同命运共生死。两人之间的关系一度冷却,到了不再交谈的程度,因为在同莫里略交战期间,蒙博克斯一役最危急的关头,蒙蒂利亚没有向将军发兵援助,将军指责他瓦解士气,是所有灾难的罪魁祸首。蒙蒂利亚反应十分激烈,甚至要同将军决斗,但之后还是不计个人恩怨,继续为独立运动服务。

蒙蒂利亚曾在马德里军事学院学数学和哲学,充当国王堂费尔南多七世的卫士,委内瑞拉解放的消息刚一传来,他便回到美洲。他出色地参与到墨西哥推翻政府的阴谋活动中,在库拉索走私武器,从十七岁第一次在战斗中负伤开始,他就一直是位英勇的战士。一八二一年,他把东起里奥阿查、西至巴拿马沿海地区的西班牙人全部肃清,战胜了兵力和武器均占优势的敌军,攻占卡塔赫纳。然后他做出高姿态,同将军和解:给将军送去了卡塔赫纳城的金钥匙,将军投桃报李,提升他为准将,并下令由他负责沿海政府工作。尽管他时常用幽默感来冲淡他的霸道,但当权期间并不受人爱戴。他的住宅是全城最好的建筑，他在阿瓜斯维伐斯的庄园是全省最令人钦羡的产业之一，老百姓在墙上刷了招贴，问他购置住宅和庄园的钱是哪里来的。但是经过八年孤家寡人式的铁腕统治，他安然不动，并且成了一个狡猾而难以对付的政治家。

将军每次坚持要求，蒙蒂利亚就找一个新的理由答复。但是有一次不加掩饰地说了实话：卡塔赫纳的玻利瓦尔分子决心不宣誓遵守一部妥协的宪法，也不承认一个软弱无能的政府，因为它不是建立在各方面意见一致的基础上，反而存在广泛的分歧。这是典型的本土政治现象，而这些分歧正是巨大的历史悲剧之因。"阁下是最开明的，如果您撒手不管，把我们交给那些以开明为幌子的人，由他们摆布，那么卡塔赫纳人的想法不是没有道理的。"蒙蒂利亚说。因此，唯一的解决方案是将军留在国内，防止国家分裂。

"好吧，如果真是这样，你让卡蒙纳再来一次，我们一起鼓动他反叛，"将军以他特有的讽刺口气说，"那比卡塔赫纳人因狂妄而挑起内战要少流一些血。"

他同蒙蒂利亚分手之前已经恢复了平静，要求蒙蒂利亚把支持他的主要领导人请到图尔巴科来，摆摆分歧意见。他等待这些人到来期间,卡雷尼奥将军报信说传闻华金·莫斯克拉已经就任总统。将军往自己前额拍了一掌。

"婊子养的!"他嚷道,"即使摆在我面前,我都难以相信。"

当天下午,蒙蒂利亚将军也来向他证实这个消息,那时狂风暴雨,树木连根拔起,城里半数房屋坍塌,将军住处的牲畜圈被冲垮,大水卷走了淹死的牲口。自然灾害也冲淡了那个坏消息带来的震惊。将军的卫队连日来无事可干,腻烦得要命,现在当仁不让,阻止了风暴造成更大的损害。蒙蒂利亚披了一件军用雨衣,指挥抢险。将军裹着毛毯,坐在窗前的摇椅上,呼吸平静,以沉思的眼神望着挟带残砖断瓦的滚滚泥水流。他从小就见惯加勒比地区的自然骤变。然而当士兵们忙于收拾住宅时,他对何塞·帕拉西奥斯说,据他记忆所及,从未见过这么大的风暴。暴风雨终于平息时,蒙蒂利亚走进客厅,浑身湿漉漉的还在淌水,膝盖以下全是泥浆。将军仍旧一动不动地在思索。

"那么说来,蒙蒂利亚,"他说,"莫斯克拉当了总统,卡塔赫纳仍旧不承认。"

而蒙蒂利亚也不为暴风雨所动。

"如果阁下在卡塔赫纳,事情就好办了。"蒙蒂利亚说。

"那就会有被说成是我插手干预的危险，而我不想担任任何事件的主角。"他说，"而且，在事情解决之前，我就钉在这里不动了。"

当晚，他给莫斯克拉将军写了一封表示妥协的信。"我颇感意外地获悉您接受了国家总统的职位，为此，我替国家和我自己庆幸，"他写道，"但是我现在和今后都为您感到遗憾。"结尾时，他加上一段狡黠的附言："我还未离开，因为护照没有到手，护照一发下，我肯定会走的。"

丹尼尔·弗洛伦西奥·奥利里将军星期天来到图尔巴科，加入了将军的侍从队伍。奥利里是不列颠军团的杰出成员，长期充当将军的副官和双语文书。蒙蒂利亚从卡塔赫纳陪他到图尔巴科，兴致极好，两人同将军一起在甜橙树下度过了一个融洽美好的下午。将军和奥利里长谈了他的军务之后，冒出了惯用的口头禅：

"那边是怎么说的？"

"说您要走的消息不确切。"奥利里回答。

"啊哈，"将军说，"为什么？"

"因为曼努埃丽塔[1]留了下来。"

---

[1] 曼努埃拉的昵称。

将军以不容置疑的直率反驳说:

"可她一直是留下来的呀!"

奥利里和曼努埃拉·萨恩斯是好朋友,知道将军说的是实话。她确实从未陪同将军辗转各地,当然不是出于自愿,而是因为将军不顾一切地要逃脱正式爱情的羁绊,随便找个借口就把她留下了。"我这辈子再也不堕入情网了,"有一次他对何塞·帕拉西奥斯说,帕拉西奥斯是他可以推心置腹与之谈论这类事情的唯一的人,"那仿佛是一身而有两个灵魂。"曼努埃拉以不可抑制的决心委身于他,也没有尊严的障碍,但是她越想拴住将军,将军就似乎越想摆脱她的锁链。那是一种不停逃避的爱情。他在基多与她厮混了两星期之后,不得不去瓜亚基尔同拉普拉塔河地区的解放者何塞·德圣马丁会晤,而她却留了下来,自问饭吃了一半就离开的算是哪门子情人。他答应不论在什么地方每天都给她写信,以一颗流血的心向她发誓,他对她的爱比世上其他任何人更深。他确实写了信,有时甚至不是口述而是亲笔写的,只是没有发出。与此同时,他和瓜莱科阿一户阴盛阳衰的人家五个不可分离的女人打得火热,寻找安慰,连他自己也搞不清楚,在那五十六岁的祖母、三十八岁的女儿和三个含苞欲放的孙女之间究竟要挑选哪一个。瓜亚基尔的使命结束后,他山盟海誓,答应与她们永世相爱,很快回来,结果逃脱那五个女人,回到基多,又陷进曼努埃拉·萨恩斯的流沙之中。

第二年年初,他再次扔下她去秘鲁为解放全境扫尾,那是他为毕生理想进行的最后努力。曼努埃拉等了四个月,开始收到他的信,其中不时有亲笔写的,也有将军的私人秘书胡安·何塞·桑塔纳揆情度理的杰作,她立即搭船去利马。她在马格达莱纳行宫找到了将军,那时议会已授予他独裁大权,身边都是新共和国宫廷的美貌放肆的女人。总统府搞得乌烟瘴气,卫队的一个上校半夜被寝室里的淫声浪语吵得睡不着,把铺盖搬了出去。但是曼努埃拉对这种情况深知熟谙。她生在基多,是当地一个富有的西班牙女庄园主同一个有妇之夫的私生女,十八岁时从住读的修道院跳窗出来,跟一个禁卫军军官私奔。但是两年后她在利马同一个年龄比她大一倍、待人殷勤的詹姆斯·索恩医师结了婚,婚礼上捧着象征处女纯洁的白色橘花。因此,当她回到秘鲁追寻她的欢喜冤家时,她无须向任何人讨教,就在这个是非之地安了家。

奥利里是她在这些爱情争夺战中最好的参谋。曼努埃拉并没有住进马格达莱纳行宫,但可以随心所欲从大门进去，并且接受卫队的敬礼。她狡黠、倔强，散发出使人难以抗拒的魅力，有权力感和不屈不挠的韧劲。由于丈夫是英国人，她英语流利，会讲一些简单但能让人明白的法语，玩起击弦钢琴时像初学者那般装腔作势。她写的字歪歪扭扭，句子语法不通，拼写错误多得吓人，她提起时自己也笑得前仰后合。将军指定由她保管文件档案，在他身边工作，这一来他们做爱就方便了，随时随地可以云雨一番，那些亚马逊丛林野兽的喧闹也无妨碍，曼努埃拉的魅力慑服了它们。

将军出兵征服尚在西班牙人控制之下的秘鲁艰苦地区时，曼努埃拉没能随参谋部同行。她带着称得上第一夫人规格的大衣箱、档案铁箱、她的一批女奴，未经将军许可，跟着后卫队去追赶他，后卫队由哥伦比亚士兵组成，对她的行伍俚语佩服得五体投地。她骑着骡子在陡峭的安第斯山脊赶了三百里路，四个月中间只捞到同将军睡了两晚，其中一晚还是她威胁说要自杀，才吓得将军就范。过了不久，她发现自己不能将他弄到手的期间，他却拈花惹草，同别的女人胡闹。其中一个是野性未驯的十八岁混血儿曼努埃丽塔·马德罗尼奥，她给将军的不眠之夜带来了销魂蚀骨的欢乐。

曼努埃拉从基多回来之后，决定甩掉丈夫，她说索恩是个枯燥乏味的英国人，爱无欢愉，言语乏味，步伐迟缓，起坐拘谨，招呼人时毕恭毕敬，说笑话时自己都不会笑。但是将军劝说她要不惜一切保持她有夫之妇的优越条件，她终于顺从了。

阿亚库乔胜利之后一个月，将军控制了半个美洲，前去日后成为玻利维亚共和国的上秘鲁。那次非但没有带曼努埃拉，临行前甚至郑重其事地向她提出，两人彻底分手为好。"我认为我们无法清白光彩地结合，"他在给她的信中说，"尽管今后你在丈夫身边会感到孤独，而我在这个世界上也是形单影只。唯有战胜自我的光荣将成为我们的安慰。"不出三个月，他收到曼努埃拉的信，通知说她将跟丈夫去伦敦。他得知这消息时正在弗朗西斯卡·苏维亚加·德加马拉的床上，那是一个喜欢舞刀弄枪的勇猛的女人，日后担任共和国总统的加马拉元帅的妻子。将军不等当晚第二次交欢，马上坐起来给曼努埃拉写了一封像是作战命令的回信："你得说心里话，什么地方都别去。"结尾时强调说："我爱你，坚定不移。"她心花怒放地服从了。

将军的理想从实现之日起就开始分崩离析。玻利维亚刚一成立，秘鲁的体制重建刚一结束，派斯在委内瑞拉的分裂企图和桑坦德在新格拉纳达的政治诡计就令他十万火急地赶回圣菲。这次曼努埃拉花了不少时间才磨得他同意她随行,出发时像是吉卜赛人迁移,十多头骡子驮着衣箱,还有一批千秋万代的女奴,十一只猫,六条狗,三只学会了宫廷淫秽动作的猴子,一头会穿针引线的驯熊,九笼能用三种语言臭骂桑坦德的鹦鹉和金刚鹦鹉。

她到了圣菲,恰好赶上九月二十五日那个晦气的夜晚,救了将军的残命。他们相识五年,可是他显得老态龙钟,疑虑重重,似乎已经过了五十年,曼努埃拉觉得他像是在荒山僻野的迷雾中漫无目的地摸索。不久之后,他将回南方去制止秘鲁对基多和瓜亚基尔的殖民野心,但是一切努力已经没用了。曼努埃拉留在圣菲,没有再追随他的劲头,因为她知道那个老是逃避她的人现在已经山穷水尽。

奥利里在回忆录里说,在图尔巴科的那个星期天下午,将军一反常态,自发地回忆叙说他的风流韵事。蒙蒂利亚认为那是衰老的明显症状,多年后在一封私人信件中还提起此事。蒙蒂利亚看到将军谈锋很健,无话不说,情不自禁地提了一个亲热的、带有挑惹性的问题。

"只有曼努埃拉忘不了吧?"他问道。

"谁都忘不了,"将军一本正经地说,"不过尤其是曼努埃拉。"

蒙蒂利亚朝奥利里眨眨眼说:

"说老实话,将军,一共有几个?"

将军回避了直接答复。

"比您想象的要少得多。"他说。

将军晚上洗热水浴时,何塞·帕拉西奥斯想澄清疑问。"照我算来一共是三十五个,"他说,"当然不包括那些只睡一晚的堂客。"这个数目同将军自己的计算相符,不过他下午不愿说出来罢了。

"奥利里是个了不起的人、了不起的战士、忠实的朋友,不过他什么都要摘记,"将军解释道,"用文字保留的记忆比什么都更危险。"

第二天,将军单独同奥利里谈了好长时间,了解边境的情况,然后请他去卡塔赫纳,表面上是打听去欧洲的船只航行日期,真正的任务却是刺探当地政治的隐秘细节,随时向他汇报。奥利里差点没有赶上。六月十二日星期六,卡塔赫纳议会宣誓效忠新宪法,承认了当选的政府长官。蒙蒂利亚把这一消息通知给将军时,免不了给他捎一个信:

"我们等您来。"

正等待时,传说将军去世,蒙蒂利亚从床上一跃而起。

他没有时间核实这个消息，火烧火燎地赶到图尔巴科，发现将军正同法国伯爵雷治库特共进午餐，精神比任何时候都好。雷治库特来邀请将军搭乘一艘下周抵达卡塔赫纳的英国邮轮，一起去欧洲。那一天过得十分快意。将军希望用精神力量来对付他虚弱的身体状况，谁都不能说他没有做到这一点。他一早起身，在挤奶的时候去牲口棚遛了一圈，看望了投弹手的营房，询问他们的生活条件，命令加以切实改善。回来时，在集市小酒店歇了歇脚，喝了咖啡，带走了用过的杯子，免得人家销毁使他难堪。快到住处时，放学的小孩出其不意地在街角围住他，一面拍手，一面有节奏地喊着："解放者万岁！解放者万岁！"他给弄迷糊了，假如孩子们不主动让路放他过去的话，他简直不知道该怎么办。

雷治库特伯爵事先没有通知已等在他住处，带来的一位妇女，容貌之秀媚、衣着之华丽、气派之高傲，他生平所未见。尽管他们是乘一辆敞篷驴车来的，她却做骑马的打扮。她只透露自己名叫卡米尔，是马提尼克人。伯爵没有做任何补充，不过那天在做客时显而易见地流露出他爱她爱得发狂。

卡米尔的在场使将军恢复了以往的兴致，他吩咐马上准备筵席。伯爵能说地道的西班牙语，但席上的交谈是用卡米尔的母语法文进行的。当她提起她出生在特鲁瓦齐莱时，将军眉飞色舞，憔悴的眼睛顿时闪光。

"啊，"他说，"那是约瑟芬出生的地方。"

她莞尔一笑。

"对不起，将军阁下，谁都会提起拿破仑的情妇，我原指望一个更聪明的评论。"

为了挽回面子，他谈起拉帕热里的榨糖厂，法兰西皇后玛丽·约瑟芬的老家所在地，隔着绵亘几里的甘蔗地，凭禽鸟的喧闹声和蒸馏器暖烘烘的气味就能辨出。他滔滔不绝，描绘了一幅诗情画意的景象。她为将军对那里如此熟悉而感到吃惊。

"事实上我从未到过那里，也没有到过马提尼克岛的任何地方。"他说。

"是吗？"她说。

"我多年来看书准备，"将军说，"因为我知道总有一天我需要这些知识来讨那个岛上最美丽的女人的欢心。"

他穿着印花棉布裤、缎子上衣和红色便鞋，不停地说话，嗓子都哑了，但仍旧娓娓动听。她注意到餐厅里有一股古龙水的幽香。他承认说这是他的偏爱，为此还遭到政敌的攻击，指责他在古龙水上耗费了八千比索的公款。他仍像前一天那么形容憔悴，但疾病给他的严重摧残只能从他极小的食量上看出来。

同男人们一起时，将军的粗话可以说得比最不要脸的盗马贼更难听，但是只要有一位妇女在场，他的举止语言就温文尔雅，几乎到了做作的程度。他亲自开了一瓶上好的勃艮第葡萄酒，品尝一下，给大家斟上，伯爵毫不难为情地夸奖说像天鹅绒那么醇厚。上咖啡的时候，伊图尔比德上尉凑在将军耳边说了几句话。将军严肃地听着，然后在椅子上往后一靠，开怀大笑。

"各位请听，"他说，"卡塔赫纳来了一个代表团参加我的葬礼。"

他吩咐有请，蒙蒂利亚和随从人员只得硬着头皮进来。副官们召来几个从昨晚开始就在附近一带演奏的风笛手，一群老年男女为客人们跳了昆比亚舞。那种源出非洲的民间舞蹈如此优美，卡米尔惊叹不已，也想学学。谁都知道将军是跳舞好手，饭桌上有人回忆说将军上次在图尔巴科跳过昆比亚舞，精彩得像是舞蹈大师。卡米尔请他跳时，他却谢绝了。"三年是很长的时间。"他笑着说。她稍经指点，独自一人跳了起来。音乐暂停时，突然传来欢呼声和一连串爆炸和火器的射击声。卡米尔吓得玉容失色。

伯爵正经八百地说:

"糟糕,是革命!"

"我们现在需要的正是革命,"将军笑着说,"不幸的是,那只是在斗鸡。"

他刚喝完咖啡,几乎不假思索地用手挥了一个圆圈,请大家去斗鸡场。

"跟我一起去吧,蒙蒂利亚,看看我死到了什么程度。"他说。

那是下午两点来钟,他带了以雷治库特为首的一大批人到了斗鸡场。但是在那种清一色男人聚集的场合,大家都盯着卡米尔,谁都不注意将军。在一个禁止妇女入内的场所,谁都认为那个光彩照人的妇女是他众多的相好之一。说她是跟伯爵一起更没有人相信,因为众所周知,将军常常让别人陪着他的秘密情妇,掩人耳目。

第二场搏斗十分激烈。一只赤羽公鸡用力猛踢两下,剜出了对方的眼睛。那只瞎眼公鸡不肯认输。它被激怒得猛扑猛撞,终于弄断对方的脖子,啄食了它的脑袋。

"我从未见过这么血腥的游戏,"卡米尔说,"不过我挺喜欢。"

将军向她解释说,如果用下流的叫喊刺激公鸡,朝天开枪,它们斗得更凶,不过那天下午不让这么干,因为有一位妇女在场,尤其是如此美丽的妇女。他挑惹地瞅着她说:"看来得怪您了。"她高兴地笑了:

"要怪您,阁下,您管理这个国家多年,竟然没有制订一条法律,规定不论有没有妇女在场,男人的表现都应该一样。"

他开始有点失态。

"请您别称呼我阁下,"他说,"那太见外了。"

当晚,何塞·帕拉西奥斯替将军准备好了没了劲的草药汤,让他泡在澡缸里之后说:"那个女人是我们见过的最好看的。"将军没睁眼说:

"讨厌透了。"

根据一般人的判断,他在斗鸡场露面是有预谋的行动。最近几天,他的病情严重,谁都不怀疑他死亡的谣传,他露了面可以让种种说法不攻自破。将军的露面也确有成效。从卡塔赫纳发出的邮件将他身体状况良好的消息带往各处,他的支持者们也举办聚会大肆庆祝,但少了几分欢乐,多了些挑衅的意味。

将军甚至骗过了自己的身体,以后几天他精神仍旧很好，居然能再次坐到他副官们的牌桌前同他们玩牌。副官们没完没了地打牌解闷，消磨时间。安德烈斯·伊巴拉年纪最轻，性情开朗，还保持着战争的浪漫感，那几天写信给基多的一个女朋友说："我宁肯在你怀里死去，也不愿过这种没有你在身边的和平日子。"他们不分白天黑夜地玩牌，有时潜心琢磨牌张的奥妙，有时大叫大嚷地争吵，无时不受蚊子的骚扰。那几天是雨季，尽管值日的勤务兵一直烧着牛屎马粪，蚊子白天都出来叮人。自从瓜杜阿斯那个倒霉的夜晚之后，将军再没有玩过牌，因为同威尔逊之间的不快给他留下了苦涩的回味，他要从心头抹去。他虽然不玩牌，却在吊床上听他们大叫大嚷，听他们说心里话，在逃避现实、无所作为的和平日子里怀念战争。一晚，他在住处转了几圈，情不自禁地在走廊上站住。他对脸朝着他的人做手势，让他们别出声，走到安德烈斯·伊巴拉背后，两手像鹰爪似的搭在伊巴拉肩上，问道：

"好兄弟，告诉我，您是不是也觉得我面有死色？"

伊巴拉对这种举动习以为常，根本没有回头。

"将军，我可没有那种感觉。"他说。

"那你准是瞎子，或者是骗子。"将军说。

"或者是因为背朝着您。"伊巴拉说。

将军对牌局发生了兴趣，坐下来一起玩。对于大家来说，不仅那一晚，而且在以后的几个晚上，仿佛一切都恢复了正常。"护照下来之前只能这样干等着。"将军说。但是何塞·帕拉西奥斯再次对他说，尽管有牌消遣，尽管他表示关怀，随同他的军官对这种毫无目的的来回折磨厌烦得要命，不是他所能扭转的。

他比谁都更关心他手下军官的命运，关心他们的日常琐事和前途，但是当问题到了无法补救的地步，他只能自欺自慰。自从同威尔逊发生矛盾，在沿马格达莱纳河航行期间，他时常抛开自己的痛苦来考虑军官们的事。威尔逊的行为简直难以置信，只有极度失望才能引起如此粗暴的反应。"他和他父亲一样，是了不起的军人，"将军见了他在胡宁的战斗表现时说，"并且比他父亲谦虚。"塔尔基战役之后，苏克雷元帅提升威尔逊为上校，威尔逊不肯接受，是将军强迫他同意的。

无论平时或战时，将军要求大家遵守的不仅是铁一般的纪律，而且是非凡的忠诚。尽管没有正规训练，他们都是合格的军人，长年战斗，几乎没有驻扎的机会。他们来自五湖四海，但是追随将军左右进行独立战争的核心人物大都是出生于美洲的西班牙贵族精英，受过良好的教育。

他们转战各地，远离家庭妻儿，抛下了一切，客观需要使他们成为政治家和治国人才。除了伊图尔比德和几个欧洲副官之外，其余都是委内瑞拉人，并且几乎都是将军的血亲或盟姻亲属：费尔南多，何塞·劳伦西奥、伊巴拉弟兄、布里塞尼奥·门德斯。阶级和血统的维系使他们同心同德、团结一致。

何塞·劳伦西奥·席尔瓦的情况不同，他是洛斯利亚诺斯一个叫埃尔蒂纳科的小镇上的接生婆同马格达莱纳河上一个渔夫的儿子。由于父母的关系，他皮肤黝黑，属于低下的黑白混血阶级，但是将军让他同自己的一个外甥女费莉西亚结了婚。他十六岁志愿应征参加解放军，五十八岁升为司令，几乎经历了独立战争的全过程，身经五十二战，受过各种武器造成的十五次重伤、无数次轻伤。他的黑皮肤给他造成的唯一不快是在一次盛大舞会上邀请当地一位贵族夫人跳舞遭到拒绝。将军当场要求乐队重新演奏那支华尔兹，自己同他跳。

奥利里将军是另一个极端：金黄头发，高大身材，斜纹料子制服更使他显得英俊潇洒。他十八岁时来到委内瑞拉，在红装骑兵队当旗手，参加了独立战争的几乎全部战役，凭军功晋升到现在的级别。他跟其他所有人一样，也有倒霉的时候。当桑坦德和何塞·安东尼奥·派斯发生争执，将军派他去寻求和解途径时，他支持了桑坦德。将军十四个月不同他打招呼，让他自生自灭，后来才消了这口怨气。

他们各自都有无可争辩的优点。问题出在将军从来没有意识到自己在他们面前耸立的权力堡垒，他越觉得自己平易近人，仁慈宽容，这个堡垒越是难以逾越。何塞·帕拉西奥斯向他指出军官们情绪低落的那个晚上，他很随和地同军官们玩牌，输得高兴，直到他们感到舒畅。

他们显然没有因以前的挫折而留下心理负担。他们并不介意盘踞在心头的挫败感，即便赢得战争的是他们。他们不计较将军为了避免特权之讥而迟迟不给他们晋升，也不计较背井离乡、浪迹天涯、难得同女人作乐的生活方式。由于国家财政短绌，军饷已减到原来的三分之一，并且往往要拖后三个月，发的还是没有把握兑现的国库券，他们拿到后只能折价卖给投机商，这一点他们也不在乎。正如他们不在乎将军断然离去，砰的一声关上门，回响波及全世界，甩下他们任由敌人处置。这一切毫无关系：光荣全属于别人。他们不能忍受的是将军决定放弃权力以来在他们心里引起的捉摸不定的情绪，尤其是这次没完没了、漫无目的的旅行更令人难以忍受。

那天晚上,将军特别高兴,洗澡时对何塞·帕拉西奥斯说,他和他的军官们亲密无间。然而军官们的印象是他们激发出的不是将军感激或内疚的心情,反而是信任丧失的萌芽。

对何塞·马利亚·卡雷尼奥尤其如此。自从那晚在舢板上谈话以来,他一直显得很孤僻,不自觉地授人以口实,说他同委内瑞拉的分裂派有接触。或者像当时人们所说,他变得离心离德。四年前,将军已经对卡雷尼奥、奥利里、蒙蒂利亚、布里塞尼奥·门德斯、桑塔纳等怀有戒心,仅仅因为怀疑他们想靠军队出风头。像四年前一样,将军现在派人注意卡雷尼奥的行踪,打听所有不利于他的流言蜚语,想在猜疑的黑暗中发现一丝亮光。

有一晚,将军也不知道自己是睡是醒,听到卡雷尼奥在隔壁房间里说,为了祖国的利益,采取任何手段,甚至背信弃义,都是正当的。将军当即拉着他的胳臂,走到院子里,用只有在紧要关头才使用的亲密口吻和不可抗拒的魅力把他说得服服帖帖。卡雷尼奥说了实话:将军听任自己的事业随波逐流,扔下大家无依无靠,确实使他有怨气。但是他背弃将军的动机是出于忠诚。这样漫无目的地旅行,找不到一线希望，使他感到厌烦，他不能浑浑噩噩地过下去，于是决定逃往委内瑞拉，领导一场维护美洲完整的武装运动。

"我觉得没有比这更堂堂正正的了。"他最后说。

"你是怎么想的，你以为会在委内瑞拉得到更好的待遇吗？"将军问他。

卡雷尼奥不敢肯定。

"嗯，至少那里是祖国。"他说。

"别冒傻气啦，"将军说，"对我们来说，祖国是美洲，到处都一样，无可救药。"

将军不让他再讲下去了。自己洋洋洒洒说了一大通，仿佛每句话都是从心底里掏出来的，尽管卡雷尼奥也好，别人也好，谁都不知道是否确实如此。最后，将军拍拍他肩膀，在黑暗中离开了他。

"别胡思乱想啦，卡雷尼奥，"将军说，"这事到此玩完。"

六月十六日,星期三,将军获悉政府已经确认议会授予他终身年金的决定。他向费尔南多口授一封给莫斯克拉总统的正式信件,说明已接到通知,语气不无讽刺,结尾时模仿帝王以第一人称复数代替单数,并化用了何塞·帕拉西奥斯的口头禅:"我们有钱了。"二十二日,星期二,他收到出国护照,高举着挥舞说:"我们自由了。"两天后,迷迷糊糊睡了一小时醒过来时,他在吊床上睁开眼睛说:"我们真伤心。"他决定趁天阴凉快,立即前往卡塔赫纳。他唯一的特殊命令是侍从军官一律穿便服,不带武器。他不做任何解释,没有流露任何可供揣测的迹象,也没给大家辞行的时间。他的私人卫队准备就绪后,大家立刻动身,行李由其余的人随后带去。

将军以往旅行时常常半路上停下来了解民间疾苦。他遇到人什么都问：子女多大了，害的是什么病，买卖怎么样，对各种问题有什么看法。这次他只顾赶路，一言不发，没有咳嗽，没有疲劳的迹象，整整一天，除了一杯葡萄酒外，没有进饮食。下午四点钟，波帕山上那座老修道院的轮廓已遥遥在望。那正是祈祷的时候，从公路上可以看到成群结队的信徒像蚂蚁似的登上陡峭的山脊。稍过不久，又见到那些终古常新的兀鹫群在集市和屠宰场污水沟上空盘旋。看到城墙时，将军向何塞·马利亚·卡雷尼奥做个手势。卡雷尼奥策马赶到他身边，伸出壮实的胳臂，让他搭扶着。"我派你执行一个秘密任务，"将军低声对他说，"一进城，你帮我打听苏克雷在什么地方。"他像往常那样在卡雷尼奥背上轻轻一拍，分手时说：

"当然，这件事只有你我知道。"

蒙蒂利亚带了一大群人在公路上恭候，将军不得不换乘那辆由两头健骡拉的西班牙总督用过的旧四轮车。太阳快下山了，砍下的红树树枝在城市周围的沼泽里给烤得像是煮开了似的，发出的恶臭不亚于海湾的污水，一个世纪以来，屠宰场排放的血水和废料严重污染了海湾。他们从半月门进城时，一群兀鹫受惊从集市腾空飞散。城里还有惊慌的迹象，因为上午有一条得了狂犬病的狗咬伤了几个年龄不等的人，其中有一个不该在那一带晃悠的卡斯蒂利亚白种女人。疯狗还咬了奴隶区几个小孩，终于被人们用石块砸死。死狗给吊在学校门口的树上。蒙蒂利亚吩咐把它火化，不仅为了卫生，还为了防止人们拿它来施行非洲巫术。

城里的居民听到紧急公告，纷纷聚集在街上。六月的夏至，下午开始变长，阳光很充足，沿街的阳台上有花环和打扮得花花绿绿的妇女，教堂的钟声、军乐队的乐声和礼炮声一直传到海边，但是掩饰不了城里悲惨的气氛。将军坐在那辆破旧的四轮车上，挥舞帽子向人群致意，但是同一八一三年八月胜利开进加拉加斯时相比，这次寒碜的欢迎不由他不感到凄凉。那次他头戴桂冠，坐着一辆由城里最漂亮的六个姑娘拉的敞篷彩车，在热泪盈眶的人群中间缓缓通过，正是在那天人们给了他一个光荣不朽的称号：解放者。加拉加斯当时还是殖民省份的偏远城镇，丑陋、灰暗、建筑低矮，但是抚今追昔，阿维拉的下午简直使人心碎。

那次和今天不像是同一个人经历的两件往事。因为那个濒临加勒比海的高傲而英勇的卡塔赫纳城数度充当总督领地的首府,千百次被歌颂为世界上最美丽的城市,今天面目全非。它经历了九次陆海围困,多次遭到海盗和将军们的洗劫。然而给城市带来最严重破坏的还是独立战争和以后的派系之争。黄金时代的富户都已逃亡。旧时的奴隶获得无用的自由后茫然失措,被穷苦人占住的王公贵族的邸宅里现在常有比猫还大的耗子窜到街上的垃圾堆。西班牙国王堂腓力二世当初想在埃斯科里亚尔大修道院的瞭望塔上用望远镜看到的要塞圈,如今荆棘丛生,当年龙盘虎踞的气势荡然无存。十七世纪由于贩卖奴隶而蓬勃发展的商业现在只剩下少数破败的店铺。当年的繁荣景象变成了露天垃圾堆的恶臭,说什么都难以使人相信。将军在蒙蒂利亚耳边叹息说:

"这场狗屁独立让我们付出了多么沉重的代价!"

蒙蒂利亚邀请了城里的头面人物,当晚在他位于制造厂街的私邸聚会,那原是巴尔德奥约斯侯爵的住宅,侯爵在世时经济拮据,侯爵夫人却靠走私面粉和贩卖黑奴发了大财。城里的大户人家那晚像过复活节似的灯光通明,但是将军不存幻想,因为他知道加勒比地区的风俗,无论什么事情,甚至死了一个知名人士,都可以成为庆祝欢闹的理由。事实上那也是一次虚假的庆祝活动。几天前,城里就出现攻讦的传单，反对党唆使他们的团伙扔石块砸玻璃窗，棍棒交加地同警察干架。"幸好我们这里已经没有可砸的玻璃窗了。"蒙蒂利亚一向爱说笑话，其实他也清楚，民众的愤怒主要是针对他而不是针对将军。他调动了地方军队加强卫队，在周围戒严，不准向客人透露街上处于战争状态。

雷治库特伯爵那晚去通知将军，英国邮轮已到博卡奇卡要塞的海面上，但是他不准备走了。公开的理由是他不想同一大群妇女挤在邮轮唯一的客舱里共渡远洋。事实是尽管将军在图尔巴科的宴会和斗鸡场上做了非凡的努力来克服他身体的虚弱，伯爵知道他不宜远行。他认为将军的精神状态也许能忍受远洋航行，身体却支持不住。伯爵不想帮死神的忙。不过这些和其他许多理由都不能使将军在那晚改变决定。

蒙蒂利亚不认输。他早早打发了客人。说是让病人早点休息，但自己留住将军在室内阳台上聊到很晚。一个披着几乎透明的薄纱长袍、娇柔无力的少女用竖琴为他们演奏了七支爱情的浪漫曲。乐曲如此美妙，弹得又如此富于感情，因此在海洋的微风吹走空中的余音之前，两个军人都没有谈话的心思。随着竖琴声浪的起伏，将军坐在摇椅上睡着了,突然他心里一震,声音极低但清晰有韵地唱出最后一支乐曲的全部歌词。最后,他转向演奏竖琴的少女,喃喃向她由衷地表示感谢,但少女已经离去,只有那架挂着凋谢月桂叶环的竖琴。这时他想起一件事。

"有个男人因为正当杀人,现在监禁在翁达。"他说。

蒙蒂利亚还没有说出俏皮话,自己先笑了。

"他的角是什么颜色?①"

将军不理睬,只是详细介绍了案情,删去了他自己同米兰达·林赛的一段韵事。蒙蒂利亚有了容易的解决办法。

"他可以要求出于健康原因转到这里服刑,"蒙蒂利亚说,"到了这里后我们再安排特赦。"

"可以这么做吗?"将军问道。

"不可以,"蒙蒂利亚说,"但就这么做。"

将军合上眼睛,对群狗夜间突如其来的乱吠起哄不闻不问,蒙蒂利亚以为他又睡着了。冥思苦想之后,他再次睁眼,了结了这件事。

"我同意,"他说,"但是我对这事一无所知。"

这时他才注意到以城里为中心向远处沼泽地扩散的狗

---

① 西语俗语,意指伴侣不忠。

吠声，沼泽地那边有的狗被训练得不出声，以免暴露它们的主人。蒙蒂利亚将军告诉他，为了防止狂犬病蔓延，他们在药杀街上的野狗。奴隶区被咬的小孩只找到两个。其余的像以往一样，被父母隐藏起来，让他们在自己信奉的神道下死去，或者把他们带到政府鞭长莫及的马里亚拉巴哈沼泽地逃亡奴隶的窝棚里，试图用巫术救他们的命。

将军从没有取缔那种不幸风俗的打算，但是把狗药死的做法在他看来太不人道。他像爱马爱花一样爱狗。第一次赴欧时，他把两只小狗一直带到维拉克鲁斯。他率领四百名赤脚的委内瑞拉人，翻越安第斯山脉去解放新格拉纳达、建立哥伦比亚共和国时带了十多条狗，战争期间一直有狗在他身边。最著名的一条狗内华多，从最早的战役开始就跟着他，单打独斗击溃了西班牙军队二十条猛犬的围攻，最后在卡拉博博第一次战役中被长矛刺死。在利马时，曼努埃拉·萨恩斯在马格达莱纳庄园除了养各种各样的许多动物外，还饲养了狗，数量多到简直照顾不过来。有人对将军说，一条狗死后，应该立刻用另一条同样品种、同样名字的狗代替，以为还是死去的那条。将军不同意。他希望它们不同，以便记住它们各自的特点、它们渴望的眼神和急切的呼吸，并为它们的死去而悲伤。九月二十五日那个倒霉的夜晚,他把被阴谋分子杀掉的两条猎犬也列入袭击牺牲者的名单。这次旅行,他带着剩下的两条狗和那条从河里救出的无关紧要的猎犬。蒙蒂利亚告诉他第一天就药死了五十多条狗,把他刚才听了竖琴演奏后的愉快心情一扫而光。

蒙蒂利亚深感抱歉,保证说再不弄死野狗了。这个保证使将军平静一些,并非因为他相信能兑现,而是因为他手下军官的好意给了他安慰。美好的夜晚使他心旷神怡。灯火辉煌的院子里茉莉芳香袭人,空气晶莹像是钻石,天上的星星比哪一晚都多。"像是四月的安达卢西亚。"他以前回忆起科隆①时,也说过这样的话。风向一转,吹走了声音和香气,只听到城墙外面的涛声。

"将军,"蒙蒂利亚恳求道,"您别走啦。"

"船已经在港口。"他说。

"还有别的船。"蒙蒂利亚说。

"还不是一样,"他反驳道,"总得乘上一艘。"

他毫不让步。蒙蒂利亚多次恳求都碰了壁,别无他法,只能透露他发誓保守到最后一刻的秘密:以拉斐尔·乌达

---

① 此处指巴拿马共和国的科隆省。

内塔将军为首的一批玻利瓦尔派军官准备于九月初在圣菲搞政变。出乎蒙蒂利亚意外的是将军并不感到惊奇。

"先前我不知情，"他说，"不过不难料到。"

于是蒙蒂利亚向他披露了军事阴谋的细节，按照委内瑞拉军官们的说法，全国忠于玻利瓦尔的驻军都在酝酿。"不合情理，"他说，"如果乌达内塔真想整顿全局，该和派斯协调，重复过去十五年的历史，从加拉加斯进军直至利马。从利马再到巴塔哥尼亚就如入无人之境了。"但他在上床睡觉之前，没有把门完全关死。

"苏克雷知道吗？"他问道。

"他是反对的。"蒙蒂利亚说。

"当然啦，由于他同乌达内塔不和。"将军说。

"不，"蒙蒂利亚说，"凡是妨碍他去基多的事，他都反对。"

"不管怎么样，该同他商量，"将军说，"同我谈是白费时间。"

这仿佛是他的最后决定。如此坚决，第二天一早就吩咐何塞·帕拉西奥斯趁邮轮在海湾时把行李装船，还请船长把船停泊在圣多明戈要塞前面，他从住所的阳台上能够看到。安排得十分具体，由于他没有说由谁随同，军官们以为他一个人都不带。威尔逊从一月开始就按照预定的计划行事，不同任何人商量把行李装了船。

六辆大车装着行李朝海湾码头驶去，即使最不信他会离开的人见到这情景也去向他告别。雷治库特伯爵，这次由卡米尔陪同，是午餐会上的贵宾。卡米尔的头发梳成一个髻，显得更年轻，眼神也不那么冷酷，身穿一件绿色长袍，脚下是同样颜色的便鞋。将军以彬彬有礼的态度掩饰见到她的不快。

"对自己的美貌极有把握的夫人才穿绿颜色。"他用西班牙语说。

伯爵马上翻译，卡米尔无拘无束地笑了，房间里顿时洋溢着她口嚼的豆蔻芳香。"咱们今天不再斗嘴了，堂西蒙。"她说。两人都有点变化，因为谁都不敢像第一次那样抬杠，以免刺痛对方。卡米尔把将军冷在一边，自己像蝴蝶似的在一群有教养的、学了法语专门准备应付这类场合的人中间翩翩周旋。将军去找塞瓦斯蒂安·德西根萨修士聊天。修士是个圣洁的人，当洪堡一八〇〇年路过卡塔赫纳染上天花时，修士救了他的命，因此享有很高威望。唯有修士本人不把它当作了不起的事。"上帝安排有些人得天花死去，有些人不死，男爵只不过属于后者而已。"他总是这么说。将军听说修士能以芦荟为主药治三百多种不同的疾病,上次来这里时就希望见见他。

何塞·帕拉西奥斯从港口带了正式通知回来说,邮轮午饭后驶到邸宅对面,蒙蒂利亚便命令准备检阅欢送。六月午后太阳毒辣,他还下令在将军从圣多明戈要塞乘坐的小艇上搭好布篷。十一点钟,邸宅里摆好了一溜长饭桌,美味佳肴,水陆俱陈,大厅里挤满了应邀和自发前来的客人,闷热得透不过气。突然一阵骚动,卡米尔正莫名其妙时,听到耳旁有一个衰弱无力的声音:"请,夫人。"将军帮她从每盘菜肴里取一点,同时解释名称、烹调方法和起源,然后自己也取了一份,分量之多令他的厨娘大吃一惊。一小时前,她为将军做了远比现在可口的食物,将军却没有下咽。然后,他带着卡米尔挤出寻找座位的人群,来到有热带奇花异葩布置的室内阳台,开门见山地说:

"要是我们在金斯敦会面就太高兴了。"

"那再好不过了,"她说,一点不感到意外,"我特别喜欢蓝山。"

"独自一人吗?"

"不管同谁一起去,我总是独自一人。"她说。然后又调皮地加了一句:"阁下。"

他笑着说：

"那我通过希斯洛普找你。"

他们就说了这些。他再领着她穿过大厅到原来的地方，像对舞结束时那样弯身告别，把那盘没有碰过的食物放在窗户的托架上，回到自己的座位。谁都不知道他什么时候下了不走的决心，也不知原因何在。政客们正缠着他大谈地区分歧时，他突然转向雷治库特，没头没脑地说：

"您说得对，伯爵先生。我身体这么糟糕，在那么多妇女中间能干什么？"说话声音很高，让大家都能听到。

"对，将军。"伯爵舒了一口气，赶紧又找补一句，"不过下星期香农号要来，那是一条英国三桅船，不但有好舱房，还有一位好医生。"

"医生比一百个女人更坏事。"将军说。

不管怎样，邮轮没有客舱的理由只是借口，因为船长的一个副手已经准备把自己的舱房让出来，直到牙买加。唯有何塞·帕拉西奥斯用他那句一贯正确的话说明了确切的情况："将军的心思，只有将军自己知道。"再说，即使那次想走也走不成，因为邮轮开到圣多明戈要塞接他时搁了浅，损坏严重。

于是他留了下来，唯一的条件是不继续住在蒙蒂利亚的邸宅。将军虽然认为它是全城最漂亮的建筑，但由于靠近海边，太潮湿，冬季更受不了，因为他夜间盗汗，醒来时床单都是湿漉漉的。有利于他健康的不是高墙四筑、深宅大院的环境。蒙蒂利亚把这理解为他将长期逗留的迹象，急忙设法满足他的要求。

波帕山麓原有一个可供娱乐的郊区，卡塔赫纳人在一八一五年自己将其付之一炬，不让卷土重来的保皇派军队有驻扎的地方。这次牺牲没有任何作用，因为西班牙人经过一百一十六天的围困之后攻陷城市，城内军民最后连皮鞋底都吃，六万多人死于饥饿。时隔十五年，平原依然一片荒凉，在下午两点钟的烈日下烤得发烫。重建的少数房屋中有一所是英国商人朱达·金塞勒的产业，当时他在国外。将军从图尔巴科来到时就注意到这座房屋修茸整洁的棕榈叶屋顶和色彩明快的墙壁，周围全是枝叶扶疏的果树。蒙蒂利亚将军认为，如此等级的客人住这种房子未免委屈，但将军提醒说，他既在伯爵夫人豪华的床上睡过，也裹着大氅在猪圈的地上躺过。于是蒙蒂利亚把房子租了下来，期限不定，还付了床和洗脸架、六把客厅用的皮靠椅和金塞勒先生自制酒用的蒸馏器的费用。他还从市政厅搬来一把丝绒安乐椅，又吩咐盖了一个茅草棚，让卫队的投弹手安身。即使太阳最猛的时候，屋子里也很凉爽，任何时候都不像巴尔德奥约斯侯爵的邸宅那么潮湿，还有四间敞开的卧室，鬣蜥可以自由进出。凌晨可以听到熟透的山番荔枝果实从树上落地的爆裂声，即使干醒着也不寂寞。下午，特别是遇到暴雨的日子，可以看到穷人的送葬队伍，抬着淹死的亲人到修道院去守灵。

将军搬到波帕山麓以后，只到城里去过三次，让一个路过卡塔赫纳的意大利画家安东尼奥·梅乌契替他画肖像。他感到十分虚弱，只能坐在侯爵邸宅野花环绕、禽鸟欢闹的院内平台上，并且最多只能一动不动地坐一小时。完成的肖像他很喜欢，尽管画家倾注了过多的怜悯。

他九月份遭暗算前不久，新格拉纳达的画家何塞·马利亚·埃斯皮诺萨在圣菲市政厅里也替他画过像，作品同他自己心目中的印象差别太大，他忍不住在他当时的秘书桑塔纳头上出气。

"你知道这幅画像谁吗？"他对桑塔纳说，"像拉梅萨的奥拉亚老头。"

曼努埃拉·萨恩斯听说后十分恼火，因为她认识拉梅萨的那个老头。

"我觉得你也不免太糟蹋自己了，"她对将军说，"我们上次见到奥拉亚时,他快八十了,站都站不稳。"

他最早的一幅肖像是十六岁时在马德里画的袖珍肖像,画家的姓名已无从查考。三十二岁时又在海地画了一幅,两者都如实反映了他的年龄和加勒比气质。他有一点非洲血统,因为他的高祖父同一个女奴生了一个儿子,这一点在他的相貌上相当明显,以至利马的贵族们把他称为桑博人①。随着他的飞黄腾达,画家们开始净化他的血统,把他表现得理想化、神话化,甚至给他的塑像加上罗马人的轮廓,传诸后世。埃斯皮诺萨的画像活脱脱像他本人,年龄四十五岁,遭受疾病的折磨,而他竭力掩饰着,甚至在死亡前夕还向自己掩饰。

一个雨夜,将军在波帕山麓的房子里睡得很不踏实,醒来时看到卧室角落坐着一个天使般的少女,身上是平民百姓的粗麻布长袍,头上用发光的萤火虫装饰。殖民时期,欧洲的旅行者惊奇地发现土著走夜路时用装满萤火虫的瓶子照明。日后,隐隐发光的萤火虫成了共和国妇女的时髦装饰,有的把它们当作花环,有的用作发箍或胸针。那晚进入卧室的姑娘把萤火虫缀在头巾上,脸蛋有一抹幽灵似

---

① 黑人和土著印第安人的混血。

的萤光。她神情忧郁而神秘,不满二十岁头发已经花白;他当即发现了他最欣赏的女性美德:璞玉未琢的智慧。她来到投弹手驻扎的棚子,随便给些什么就愿意委身,值班的军官觉得奇怪,便让何塞·帕拉西奥斯领去,看看将军是否有兴趣。将军叫她躺在自己身边,因为他没有气力把她抱上吊床。她解下头巾,把萤火虫藏进一截随身带的挖空的甘蔗里,在他身边躺下。将军同她天南地北聊了一会儿,鼓起勇气问她卡塔赫纳人对他有什么看法。

"他们说将军身体很好,不过装出有病让人同情。"她说。

他脱掉睡衣,叫姑娘借着烛光仔细看看。一具难以想象的形销骨立的躯体在她眼前呈现无遗:下陷的腹部,嶙峋的肋骨,腿和手臂只是一副骨架,全身毛发不多,颜色死白,头部由于常年风吹日晒,皮肤黝黑,像是另一个人的。

"我只是比死人多一口气而已。"他说。

姑娘仍旧不信。

"人们说您一向这样,不过现在有意让人知道。"

他却不甘罢休,继续拿出他确实有病的证据,她被睡意侵袭,不时打盹,但继续回答,说话没有中断。整整一宿,他碰都没碰她,仅仅感到她青春肉体散发的活力就满足了。伊图尔比德上尉突然在窗外唱起来:"如果狂风暴雨再不停息,惊涛骇浪继续加剧,那就搂着我的脖子,让大海把我们一起吞没。"那是过去的一支老歌,当时他还经受得起熟透的番石榴的气味和黑暗中女人的无情。将军和姑娘怀着几近虔敬的心情一起倾听,但她没等第二支歌唱完就睡着了,过后不久,他陷入虚脱般的疲惫。乐声停息后,万籁俱寂,当她为了不吵醒将军,蹑手蹑脚起来时,狗警觉地吠叫起来,一呼百应。他听到姑娘暗中摸索,在找门闩。

"你原封不动地走了。"他说。

她咯咯笑着回答:

"跟阁下您睡过一夜的,谁都不可能原封不动。"

她像所有别的女人那样走了。许多女人卷进他的生活,不少只是短短几小时,但他从没有对任何一个表示过要她们留下来的意思。他迫切需要情爱的时候,不顾一切地把她们弄到手。一旦满足之后,他只限于在幻想中继续怀念她们,在远方给她们写热情冲动的信,捎去贵重的礼物表明没有遗忘她们,但从不让自己的生活受到丝毫牵连,他的感情与其说是爱,还不如说是虚荣。

那晚姑娘离去后,他立即起来,同伊图尔比德和别的在院子里围着篝火的军官们待在一起聊天。他让何塞·德拉克鲁斯·帕雷德斯上校弹吉他,为伊图尔比德伴奏,一直唱到天明,从他点唱的歌曲上大家都觉察到将军情绪低落。

他第二次访欧归来后,对当时的流行歌曲着了迷,在加拉加斯贵族后裔们的婚礼上,他常常大声歌唱,风度翩翩地跳舞。战争改变了他的爱好。从民间汲取灵感的浪漫歌曲伴随他度过了初恋的惶惑,但如今已被华彩的华尔兹和雄壮的进行曲取而代之。在卡塔赫纳的那个晚上,他再次要听青年时代的歌曲,有几支太老了,伊图尔比德当时还是小孩,记不起来,还得由将军教他。将军越来越忧伤,听众们陆续散去,最后篝火余烬旁只剩下他和伊图尔比德两人。

那一夜很怪,天上一颗星星都没有,海风刮来了孤儿的哭声和腐败花木的气味。伊图尔比德是个沉默寡言的人,他能呆呆地瞪着凉透的篝火灰烬直到天明,眼睛都不眨一下,同样也能不停地唱歌,彻夜不眠。将军用棍子拨着篝火,打破了他的沉思:

"墨西哥有什么消息?"

"我在那边没有亲友,"伊图尔比德说,"我是被流放的。"

"我们这里的人都一样,"将军说,"自从运动开始以来,我在委内瑞拉只待了六年,其余的时间在半个世界东奔西颠。你想象不出我现在多么希望在圣马特奥吃一锅嫩肉。"

他的心思确实也飞到调皮捣蛋的童年时代,瞅着行将熄灭的篝火,缄默无声。他再开口时,已经回到了现实。"让人恼火的是,我们不再是西班牙人以后①,仍然辗转各地,而那些国家一夜之间就能改换国名,改组政府,连我们自己都不知道身在何处了。"他说罢又盯着余烬,好长一段时间之后,才用另一种口气问道:

"世界上有这么多国家,您怎么会来这儿?"

伊图尔比德的回答绕了一个大圈。"我们在军事学院学的是纸上谈兵,"他说,"我们把铅铸小兵摆在沙盘上打仗,星期天教官把我们带到附近有牛群放牧、妇女们做完弥撒回来的草场,上校发射一枚炮弹,让我们熟悉一下爆炸声和硝烟气味。你要知道,教官中最负盛名的是一个残废的英国人,他教我们怎么从马背上摔下来装死。"

将军打断了他的话。

"而您喜欢真刀真枪的战争。"

"我喜欢您指挥的战争,将军。但是我入伍快两年了,

---

① 拉美西语各国独立前百姓均为西班牙国王的臣民。

还不知道真正的战争是什么样的。"

将军不敢正视他。"那您走错了地方,"他说,"这里除了自相残杀外不会有别的战争,这简直像是在杀自己的母亲。"何塞·帕拉西奥斯在暗处提醒他天快亮了。将军用棍子拨散了篝火的余烬,扶着伊图尔比德的手臂站起身说:

"如果我是你,会趁现在还不丢脸的时候赶快离开这里。"

何塞·帕拉西奥斯直到死前都经常说波帕山麓的房子不吉利。他们还没有安顿好,海军上尉何塞·托马斯·马查多就从委内瑞拉带来消息,说好几个兵营已经不承认分裂主义的政府,一个支持将军的新政党力量逐渐壮大。将军单独接见使者,仔细听他汇报,但并不显得十分热情。"好消息,不过晚了,"他说,"至于我,一个可怜的病人又能有什么作为?"他吩咐好好款待使者,但不做任何答复。

"我认为对祖国没有好处。"他说。

马查多上尉一下去,将军便转向卡雷尼奥问道:"你打听到苏克雷下落没有?"打听到了:五月中旬离开了圣菲,以便及时赶回去同妻女一起过他的命名日。

"去的正是时候,"卡雷尼奥结尾说,"莫斯克拉总统同他在波帕扬的路上相遇。"

"怎么搞的!"将军吃惊地说,"他走陆路?"

"不错,将军。"

"糟啦!"他说。

将军预感情况不妙。当天晚上,他接到消息:六月四日苏克雷元帅经过昏暗的贝鲁埃科斯地区时遭到伏击,被人打冷枪从背后暗杀。蒙蒂利亚来报告这个坏消息时,将军刚洗完澡,不等说完,将军拍了自己额头一掌,肝火大发,把桌上还没有收掉的晚饭餐具全扫到地上。

"婊子养的!"他吼道。

摔破餐具的轰响还在屋子里回荡,将军已经恢复了自制。他倒在安乐椅里嚷道:"是奥万多干的。"一连说了几遍:"是奥万多干的,西班牙人收买的凶手。"他指的是帕斯托司令何塞·马利亚·奥万多将军,驻在新格拉纳达南部边境。这一来,奥万多除掉了将军唯一可能的继承人,确保自己可以取得四分五裂的共和国的总统宝座,以便日后让给桑坦德。阴谋分子之一日后在他的回忆录中写道:当他从圣菲广场商定暗杀计划的房子里出来时,看到苏克雷元帅披着黑呢大氅,戴着一顶旧帽子,双手插在口袋里,独自一人冒着傍晚寒雾在教堂庭院散步,这时他从灵魂深处感到一阵震颤。

将军得悉苏克雷惨死的当晚大口大口地吐血。像在翁达的时候一样，何塞·帕拉西奥斯隐瞒了这件事。上次他趴在浴室地上用海绵擦去了血迹。他两次都保守了秘密，尽管将军没有要他这么做，因为他认为不能雪上加霜，给大家添上坏消息。

在瓜亚基尔时，将军有一晚意识到自己的未老先衰。以前他头发长及双肩，用丝带在后脑扎成一束，打仗和做爱时比较利索。那晚他发现头发几乎全白了，面容憔悴忧伤。他在给一个朋友的信中写道："你见到我可能不认识了。我四十一岁，但像是六十岁的老人。"当晚他剪去了头发。不久后，他去波托西，为了延缓急速流逝的青春年华，他剃掉了鬓角和胡髭。

苏克雷遭到暗杀之后，再怎么化妆也掩饰不了他的苍老。悲痛笼罩着波帕山麓的房子。军官们不再玩牌，围坐在院里驱散蚊虫的篝火旁，或者躺在集体卧室高低错开的吊床上，聊得很晚，甚至彻夜不眠。

将军点点滴滴表达他的悲愤。他随意找两三个军官，向他们诉说心底的隐痛，谈到深夜。他再次对他们唠叨，由于桑坦德的卑鄙，他的军队几乎瓦解，桑坦德当时代理行使哥伦比亚总统职权，不肯发兵发饷，让他完成秘鲁的解放。

"他生性吝啬，"将军说，"头脑更为简单，目光短浅，囿于殖民时代的边界。"

他又提起那件说过千百次的事：邀请美国参加巴拿马国民代表大会是对一体化的致命打击，正当要宣布美洲团结的时候，桑坦德自作主张请来了美国。

"那就好比请猫参加老鼠的聚会，"他说，"而这仅仅因为美国扬言要指责我们把美洲变为一个反对神圣同盟的人民国家的联盟。我们不胜荣幸！"

他再一次对桑坦德为了实现个人目的而采取的难以置信的残忍手段表示惊骇。"像臭鱼一样让人恶心。"他说。他第一千次抨击桑坦德向伦敦借款，纵容他朋友的贪污腐败。无论私下交谈或在公开场合，他每提起这些事，就会在一触即发的爆炸性的政治气氛中加一点油。但他无法控制自己。

"那仿佛是世界毁灭的开始。"他说。

他在处理公款方面十分严格，每提起这种事就暴跳如雷。他担任总统时，曾颁布一条法令，公务员凡有贪污盗用十比索以上公款者一律处以死刑。反之，在个人财产方面，他非常慷慨大方，独立战争短短几年里就散去他继承的大部分遗产。他的薪俸都散给了伤残的战士和死亡战士的遗孀。他把继承来的榨糖厂送给侄子们,把加拉加斯的住宅送给几个妹妹,他的土地极大部分早在取缔奴隶制之前就分给了他先解放的奴隶们。他拒绝了利马议会欢庆解放时决定赠送给他的一百万比索。政府拨给他一个在蒙塞拉特的庄园,让他有个体面的住所,而他在辞职前不久送给了一个经济困难的朋友。在阿普雷,他从自己的吊床上起来,把它送给一个发烧的向导,让向导躺着发汗,自己裹了一件军用大氅往地上一躺,继续睡觉。他原想从自己的钱里付给贵格会①教育家约瑟夫·兰开斯特的两万银比索并不是他私人的债务,而是应由政府支付的。他爱之若命的马匹经常留给路途中相遇的朋友,即使是那匹闻名遐迩的"白鸽",也留在了玻利维亚圣克鲁斯元帅的马厩里。然而一谈到被盗用的贷款,他就激动得失态,什么刻薄的话都说得出来。

"当然,卡桑德罗九月二十五日离任时很干净,他是装点门面的老手,"将军逢人便说,"可是他的朋友们把英国人以大笔息金借给国家的钱又带回英国,替他放高利贷,利上滚利。"

---

① 贵格会,公谊会的别称,17世纪基督教新教的一派。

他整宿整宿地向所有人披露心底的混乱思想。第四天拂晓,当危象似乎不可逆转时,他突然出现在院子门口,身上仍穿着接到噩耗时的那套衣服,把布里塞尼奥·门德斯将军叫进屋,同他一直谈到雄鸡啼鸣。将军躺在有蚊帐的吊床上,布里塞尼奥·门德斯躺在旁边何塞·帕拉西奥斯替他挂起的另一张吊床上。两人都没有意识到他们把和平时期宁静生活的习惯远远抛在身后,几天之内又回到了戎马倥偬、凶吉未卜的战地夜晚。经过那次谈话,将军明确地知道何塞·马利亚·卡雷尼奥在图尔巴科表达的烦躁和愿望不仅是他个人的,而且是大多数委内瑞拉军官的共同问题。自从新格拉纳达人和他们反目以来,委内瑞拉军官们的民族情绪空前高涨,但是为了美洲的一体化,也不惜同室操戈。如果将军下令叫他们到委内瑞拉去打仗,他们肯定争先恐后,布里塞尼奥·门德斯比谁都跑得快。

那几天糟透了。将军唯一愿意接待的来访者是波兰上校契斯拉夫·纳比埃斯基,弗里德兰战役的英雄和莱比锡惨败的幸存者,他带了波尼亚托夫斯基的介绍信,前几天来到,准备参加哥伦比亚军队。

"您来迟了,"将军对他说,"这里一无所有。"

苏克雷死后,情况比一无所有更糟。将军向纳比埃斯基表明了这一点，纳比埃斯基的旅行日记里也表明了这一点。一百八十年后，一位格拉纳达大诗人发现了日记，核实了历史资料。纳比埃斯基是搭乘香农号来的。船长陪他到将军住所，将军说他想去欧洲，但是两人都看不出将军真有动身的打算。三桅船返航金斯敦之前要去拉瓜伊拉，然后回卡塔赫纳，将军请船长带一封信给替他经管阿罗阿矿业的委内瑞拉律师，希望回来时能捎些钱来。三桅船返回时没有答复，将军显得十分泄气。谁都不敢问他是否动身。

接到的消息没有一条令人欣慰。何塞·帕拉西奥斯尽可能推迟向将军汇报，以免接二连三给他打击。使侍从军官们感到忧虑、为了不折磨将军而隐瞒的一件事是卫队的轻骑兵和投弹手中间淋病蔓延，久治不愈。起因是在翁达期间有两个女人每晚来到驻地同士兵鬼混，随后士兵们又四处寻欢作乐将疾病继续传播。最后没有一个士兵没被染上，正规医师和江湖郎中都束手无策。

何塞·帕拉西奥斯为了防止将军产生不必要的烦恼而事事留意，结果还是出了纰漏。一晚，一封没有署名的信经过好几个人传递，不知怎么到了躺在吊床上的将军手里。他没戴眼镜，拿得老远看完后，在蜡烛火上烧着，烧剩一角才扔掉。

那是何塞法·萨格拉里奥的信。她听说将军已经下台并准备去国外,兴冲冲地同丈夫和儿子一起出发去蒙博克斯,星期一路过这里。将军没有透露信的内容,但整夜显得极为不安,第二天一早就派人送信给何塞法·萨格拉里奥,提出和解。她拒绝了将军的要求,按原定日程上路,毫不动摇。她对何塞·帕拉西奥斯说,唯一的理由是同她认为已经死去的人和解毫无意义。

那一个星期中还听说曼努埃拉·萨恩斯为了争取将军复出,在圣菲单枪匹马闹得越来越凶。内政部长找她麻烦,要她交出她保存的文件档案。她一口回绝,发动了一系列的挑衅,激怒了政府。她带着两名健壮女奴闹得天翻地覆,散发颂扬将军的传单,擦去公墙上的炭涂标语。她穿着上校制服进出军营,既参加士兵们的聚会,也参加军官们的密谋,毫无顾忌。人们纷纷传说她在乌达内塔的庇护下正策动一次武装叛乱,以重建将军的绝对权力。

很难相信将军的健康状况还经得起这些坏消息的打击。下午的潮热越来越准时,咳嗽凶得撕心裂肺。一天清晨,何塞·帕拉西奥斯听到将军大嚷:"操他妈!"将军常用这句话责骂军官们,何塞·帕拉西奥斯不知是怎么回事,冲进卧室，只见他血流满面。他刮胡子刮破了皮肤，大动肝火倒不是为了这个小事故，而是为了自己的笨拙。威尔逊上校赶紧把药剂师找来替他止血，发现他气急败坏，想给他吃几滴颠茄汁镇定一下。他断然拒绝。

"就让我这么待着，"他对药剂师说，"恼怒对绝望的人有好处。"

他的妹妹玛丽亚·安东尼亚从加拉加斯给他来信。"大家都责怪你不想来收拾混乱局面。"信中说。城镇的教士们坚决拥护他，军队里开小差的现象无法遏制，山上都是武装群众，声称除了他以外谁都不服。"那是一群疯子的喧闹，干革命的人自己都不一致。"他的妹妹说。正当有些人拥戴他之际，全国半数的墙上一夜之间刷上了辱骂他的标语传单。那些无头告示说对他家应该斩草除根，一直消灭到第五代。

委内瑞拉议会在巴伦西亚召开的会议通过了彻底分裂的决定，正式宣布只要将军在哥伦比亚土地上就不可能同新格拉纳达和厄瓜多尔达成谅解，事情本身和圣菲正式通知他的方式都使他痛心，因为转达通知的是九月二十五日事件的一个老阴谋分子，他不共戴天的敌人，原先流放国外，被莫斯克拉总统召回并任命为内政部长。"这件事恐怕是我平生的奇耻大辱。"将军说。他向好几个书记员口授了不同的答复，熬到深夜，但气愤之至，竟然迷迷糊糊睡着了。第二天清早，他从噩梦中惊慌地醒来，对何塞·帕拉西奥斯说：

"我死的那天，加拉加斯会以丧钟欢庆。"

后来发生的还不止于此。马拉开波省长听到将军的死讯后写道："我赶紧奉告这件大事，它对自由事业和国家的幸福无疑会有无数好处。邪恶的天才、无政府主义的煽动人和祖国的压迫者已不在人世。"这本来是通知给加拉加斯政府的消息，结果成了全国公告。

在那些多灾多难的日子里，何塞·帕拉西奥斯在某个清晨的五点钟向将军宣布了他的生日："七月二十四日，殉道的童贞女圣克里斯蒂娜日。"他睁开眼睛，再一次意识到自己摆脱不掉的厄运。

他一向不过生日，只庆祝命名日。天主教的圣徒祭日表上一共有十一个圣西蒙日，他倒希望以那个帮助基督背十字架的古利奈人命名，但是命运为他安排了另一个西蒙，也就是在埃及和埃塞俄比亚讲道的使徒，日子是十月二十八日。有一年，圣菲庆祝他的命名日，有人在聚会上给他戴上一顶桂冠，他笑了笑摘下来，别有用心地戴在桑坦德将军头上，后者不动声色，仿佛当之无愧。但是他的生命不是以名字而是以年岁计数的。对他说来，四十七这个数字有特殊意义，因为去年七月二十四日在瓜亚基尔时，各方面的坏消息纷至沓来，他发着高烧，神志不清，突然被一个预兆所震撼。一向不相信征兆的他居然感到震颤。预兆十分清晰：如果他能活到次年的生日，那就再也死不了。这一神秘的天意启示，支持着他带病延年直到现在。

"四十七岁了，"他喃喃说，"妈的，我还活着！"

他在吊床上坐起来，深信再也没有什么灾难可以加害自己，顿时精神一振，特别高兴。他把布里塞尼奥·门德斯找来，也就是那些想去委内瑞拉为争取哥伦比亚一体化而打仗的军官们的头头，请门德斯在他生日之际向军官们表示感谢。

"中尉军阶以上的人，"他说，"凡是想去委内瑞拉打仗的，都可以报名。"

布里塞尼奥·门德斯将军首先报名。卡塔赫纳驻军中还有两位将军、四位上校和八位上尉也参加了远征队。然而，当卡雷尼奥提醒将军以前做过许诺时，将军对他说：

"您另有重用。"

出发前两小时，将军决定让何塞·劳伦西奥·席尔瓦也走，因为他觉得长年累月的文牍工作加重了席尔瓦对自己视力的担忧。席尔瓦不太愿意。

"闲散也是战争，一场艰苦的战争，"他说，"因此如果将军没有别的安排，我会留下。"

相反，伊图尔比德、费尔南多和安德烈斯·伊巴拉没有获准。"您要走的话，将是另一个地方。"将军对伊图尔比德说。他对安德烈斯做了一个异乎寻常的解释，说是迪戈·伊巴拉将军已经参加了战争，两兄弟都投进去就太多了。费尔南多自己根本没提出要求，因为他知道回答他的还是那句老话："战争要求一个人全部投入，像你这样双眼和右手有用的人可不能冒险。"那个答复在某种意义上说来是军事荣誉，费尔南多也聊以自慰。

蒙蒂利亚当晚就为获准出发的人提供了配备，并参加了简单的送别仪式，将军同每一个人拥抱，讲一句话。他们分散走不同路线，有的取道牙买加，有的走库拉索，有的走拉瓜伊拉，大家都穿便衣，不带武装或任何可能暴露身份的东西，早在反抗西班牙人的地下斗争中他们已经有了经验。第二天早晨，波帕山麓的房子成了撤空的军营，将军满怀希望地期待一场新的战争使昔日的荣誉重放光彩。

拉斐尔·乌达内塔将军九月五日上台。制宪议会决定由他执政,当时没有其他有效当局可以使政变合法化,但经起义者要求,圣菲市政府承认在将军就任总统之前由乌达内塔代理。驻扎在新格拉纳达的委内瑞拉官兵依靠平原小业主和乡镇教士的支持打败了政府军队,起义获得成功。这是哥伦比亚共和国发生的第一次政变,也是哥伦比亚人十九世纪里经历的四十九次内战的第一次。华金·莫斯克拉总统和凯塞多副总统成了孤家寡人,离职出走。乌达内塔取得政权后,第一件事就是派出私人代表去卡塔赫纳请将军出任共和国总统。

在何塞·帕拉西奥斯的记忆中,将军的健康状况很久以来没有像那几天那样稳定,接到军事政变的消息之后,头痛和下午的潮热霍然而愈。但他也从未见过将军那么焦急。蒙蒂利亚感到担心,同塞瓦斯蒂安·德西根萨修士商量暗中帮将军一把。修士欣然同意,干得很出色,在等候乌达内塔的使者时陪将军下棋,打发漫长的下午,故意输了让将军高兴。

将军第二次去欧洲时学会了下棋,在秘鲁作战旷日持久,晚上没事就同奥利里将军下,几乎到了高手的水平。但他认为自己不能再提高了。"象棋不是游戏,而是一种迷恋,"他常说,"我更喜欢激动人心的消遣。"尽管如此,他制订的公共教育纲领仍把象棋规定为学校应该传授的高尚有益的游戏之一。事实上他自己从未坚持钻研,因为这种慢条斯理的活动不适于他的神经,他的心思要集中于更重要的问题。

将军的吊床挪到了临街的门口,乌达内塔的使者顺着那条尘土飞扬、阳光炙热的大路来时立刻可以望见。塞瓦斯蒂安修士来时看到将军在吊床上大幅度摇晃。"唉,修士,"将军说,"你不接受输棋的教训。"他坐不安稳,每走一着,修士思索时他就站起来。

"别害我分心,阁下,"修士说,"我下棋可不能像狼吞虎咽似的。"

将军笑了：

"中午大吃大喝，晚上只能粗茶淡饭。"

奥利里不时在桌前站停，查看棋局，替他出出点子。他总是不高兴地拒绝。然而他每次赢了棋就跑到军官们玩牌的院子里吹嘘自己的胜利。塞瓦斯蒂安修士有一次在下棋时问他，有没有写回忆录的打算。

"永远没有，"他说，"那是死人的无聊玩意儿。"

等候邮件一向使他焦急，现在简直成了苦难。尤其是在那些混乱的日子，圣菲的邮局往往为了等最新消息推迟发送，让跑驿站的人等得不耐烦。相反的是，小道消息越来越多，传播迅速。将军在邮件到达之前已经听到各种消息，有足够的时间思考问题，做出决定。

九月十七日，当他得知使者快到了，便派卡雷尼奥和奥利里去图尔巴科路上等候。来人是文森特·皮涅雷斯和胡里安·圣马利亚上校。圣菲传说纷纭，说将军病势危笃，两人见将军精神极好，大大出乎意外。将军住处临时准备了一个欢迎仪式，有地方和军队要人出席，即席讲话，为祖国祝酒。最后，将军留下两个使者，单独谈了真实情况。圣马利亚上校性格悲观，讲得有点危言耸听：如果将军不接受总统职位，全国将陷入可怕的无政府状态。他回避了这个问题。

"有了生存才有变革，"他说，"政治局势澄清之后我们才知道祖国是不是存在。"

圣马利亚上校不明白他的意思。

"我想说的是目前最紧迫的任务是用武力统一全国，"将军说，"关键不在这里，而在委内瑞拉。"

从那一刻开始，他形成了一个固定的想法：既然敌人不来自外部而是在自己家里，那就从头再来。各地的寡头政府，在新格拉纳达以桑坦德分子和桑坦德本人为代表，已经对一体化主张发动了你死我活的斗争，因为一体化会损害当地豪门家族的特权。

"这场自相残杀的战争唯一真正的原因就在于此，"将军说，"最悲哀的是，人们自以为是在改天换地，其实是在长期延续西班牙最落后的思想。"

他滔滔不绝地一口气说下去："我知道有人取笑我，说我在同一天给同一个人的信里对一件事会有截然不同的想法；说我一会儿同意君主制的设想，一会儿又不同意；说我在别的场合对两件事同时表示赞成。"人们指责他对人对事的判断变化无常：他反对费尔南多七世，却同莫里略握手言欢；同西班牙进行殊死斗争，但积极提倡西班牙精神；

他依托海地取得胜利,后来却把它当作非美洲国家,不请它参加巴拿马国民代表大会;他加入过共济会,在弥撒上宣读伏尔泰的作品,但又维护教会;一面讨好英国人,一面又打算同法国公主联姻。人们指责他轻浮、伪善,甚至两面三刀,对朋友当面捧场,背后谩骂。"好吧,这一切都确有其事,但都取决于一定的条件,"他说,"我这么做时唯一的目的是希望美洲成为一个独立统一的国家,对这一点我从没有矛盾也没有怀疑。"结尾时他说了一句加勒比土话:

"别的事情都去他娘的!"

两天之后,他在给布里塞尼奥·门德斯的信中说:"我不想接受制宪议会授予我的职权,因为我不想充当造反派的首领,由胜利者通过军事方式任命。"然而当天晚上他向费尔南多口授给拉斐尔·乌达内塔将军的两封信里,语气就没有这么生硬。

第一封信是个正式答复,一开头就显得郑重其事:"尊贵的先生。"鉴于上届政府解散以后共和国所处的混乱废弛状态,他认为政变可以理解。"在这种情况下,人民不可侮。"信中写道。但要他接受总统职位绝对不可能。他所能做的唯一的事情只是回到圣菲,以普通军人的身份为新政府效力。

另一封是私函，从第一行称呼上就可以看出："我亲爱的将军。"信中详尽清楚地说明了他犹豫的理由。由于堂华金·莫斯克拉并没有提出辞职，明天还是可以被承认为合法总统，他便成了篡位的人。他重申了公函里说过的意见：在没有通过合法途径光明磊落地任命前，他绝不可能执政。

两封信在同一邮班发出，另外还有他要求全国忘掉他的激情、支持新政府的公告原件。但他避免做出任何许诺。"看起来我说了许多，其实都是空的。"他后来说。他还承认有些话是投他人所好。

第二封信最值得注意的是命令的口吻，一个丧失全部权力的人说出这类话实属罕见。他要求提升弗洛伦西奥·希门尼斯上校，让他可以率领足够的士兵和装备去西部对付何塞·马利亚·奥万多和何塞·伊拉里奥·洛佩斯将军，终止那反对中央政府的打打停停的战争。"那两个就是暗杀苏克雷的凶手。"他坚持说。他还推荐另一些军官担任不同的高级职务。"这方面的事由您料理，"他对乌达内塔说，"从马格达莱纳到委内瑞拉，包括博亚卡，别的事情由我来做。"他准备亲自率领两千名士兵去圣菲，协助重建秩序，巩固新政府。

以后的四十二天中，他再也没有收到乌达内塔的直接来信。在这一个多月里,他继续给乌达内塔写信,大肆张扬地发布军事命令。轮船来来往往,但他再也不谈去欧洲的事,即使偶尔一提也是作为施加政治压力的手段。波帕山麓的住所成了全国的司令部,那几个月里的军事决定大多是他在吊床上建议或做出的。最后,他不知不觉逐渐参与了军事以外的决定,甚至过问一些小事,例如替他的好朋友塔蒂斯先生在邮局谋职,让那个在家里闲不住的何塞·乌克罗斯将军重新服役。

在那些日子里,他一再说那句老话:"我老弱有病,对什么都很淡漠,但人们总是找我麻烦,污蔑我,以怨报德。"然而见到他的人谁都不信。表面上他好像只是谨慎小心地为加强政府做些布置,事实上却是以总司令的权威和权力耐心细致地筹备军事机器,计划用它收复委内瑞拉,然后以委内瑞拉为根据地,重建世界上最大的联邦。

时机是再好没有的。新格拉纳达牢牢掌握在乌达内塔手里,自由党已被击败,桑坦德困在巴黎,厄瓜多尔由弗洛雷斯控制。弗洛雷斯是那个野心勃勃、性格矛盾的委内瑞拉首领,他曾把基多和瓜亚基尔从哥伦比亚分裂出去,建立了一个新的共和国,但是将军相信,制伏暗杀苏克雷的凶手之后,就能把他争取过来,共襄大业。玻利维亚在圣克鲁斯元帅的牢固统治之下，圣克鲁斯是将军的朋友，前不久还提出让他担任驻梵蒂冈的大使。因此，当前的目标是一举剥夺派斯将军对委内瑞拉的控制。

将军的军事计划似乎是趁派斯集中力量防守马拉开波时，从库库塔发起大规模进攻。但是里奥阿查省九月一日解除了最高司令官的职务，不承认卡塔赫纳当局，宣布归属委内瑞拉。马拉开波立即表示支持，派了佩德罗·卡鲁霍将军前去协助，卡鲁霍是九月二十五日事件的头目，畏罪潜逃后一直在委内瑞拉庇护之下。

蒙蒂利亚一接到这个消息就去通知将军，但是将军已经知道，情绪高涨。因为里奥阿查的倒戈为他提供了借口，可以从另一条战线调动更强大的新的军队攻打马拉开波。

"此外，"他说，"卡鲁霍落到了我们手里。"

当天晚上，他和军官们在屋子里开会，制订精确的战略，描述地形地貌，像挪动棋子似的布置一支支部队，预测敌人可能做出的一切打算。他的军官大多是西班牙最好的军事院校培养的，他却没有受过正规训练，不能同任何一个军官比学历，但他能设想出全局，连最小的细节都不遗漏。他的记忆力惊人，多年前路过的地方有什么障碍都能说出，虽然他远非一个战争艺术大师，但在灵感方面，谁都不及他。

天亮时,计划制订完毕,细枝末节都经过考虑,详尽、凶狠,并且十分具体,对马拉开波的总攻安排在十一月底,最坏的打算也在十二月初。那天是星期二,下着雨,早晨八点钟最后的检查业已完成,蒙蒂利亚提醒将军说,计划里似乎还缺少一个新格拉纳达的将军。

"新格拉纳达没有一个像样的将军,"他说,"那些人不是不称职便是骗子。"

蒙蒂利亚赶快换个话题,缓和气氛:

"将军,您本人去哪里?"

"库库塔或者里奥阿查,此刻对我都一样。"他说。

他转身准备退席时,瞥见卡雷尼奥将军紧皱眉头,想起自己的许诺屡次没有兑现。事实是将军千方百计想把卡雷尼奥留在身边,但现在不能再让他失望了。将军像往常一样拍拍他肩膀,对他说:

"卡雷尼奥,我说的话是算数的,你也去。"

由两千人组成的远征队从卡塔赫纳起航,挑选的日子仿佛有象征意义:九月二十五日。带队的是马里亚诺·蒙蒂利亚、何塞·费立克斯·布兰科和何塞·马利亚·卡雷尼奥将军,都身负在圣玛尔塔物色一幢乡间别墅的使命,日后可让将军一面休养，一面密切注视战争的进程。将军写信给一个朋友说："两天之后我将去圣玛尔塔，活动活动身子，摆脱现在的腻烦，让情绪好转。"十月一日，他果然动身。十月二日，他在路上给胡斯托·布里塞尼奥将军的信中说得比较坦率："我去圣玛尔塔的目的是以我的影响鼓励那支向马拉开波进军的远征队。"当天，他还给乌达内塔写了一封信："我去圣玛尔塔是想看看那个我从未到过的地方，同时也想看看能否打破某些左右舆论的敌人的幻想。"直到那时他才披露此行的真实目的："我要就近观察攻打里奥阿查的作战行动，我要接近马拉开波，接近军队，在某些重要的战役或许能发挥一点影响。"现在他已经不是失败引退、出国流亡的模样，而是一个在战场上叱咤风云的将军。

军务紧迫，他们离开卡塔赫纳时非常匆忙。没有时间举行正式告别仪式，事前只通知了少数几个朋友。根据将军的指示，费尔南多和何塞·帕拉西奥斯留下一半行李，交给朋友们和商号保管，以免在一场前途未卜的战争中添上不必要的累赘。留给当地商人堂胡安·帕瓦儒的是十个存放着私人文件的大箱子，委托他运往巴黎，具体地址以后再通知。收据上注明，万一箱子的主人由于不可抗拒的原因而无法认领时，帕瓦儒先生应将这些文件全部销毁。

费尔南多在布希钱庄存放了二百两黄金，那是他最后一刻在叔父的文具中发现的，谁都想不起是哪里来的。寄存在胡安·德弗朗西斯科·马丁那里的是装有三十五枚金勋章的首饰箱，还有两个天鹅绒口袋：一个装着二百九十四枚银制大勋章、六十七枚小勋章和九十六枚中等大小的勋章；另一个装着四十枚金银纪念章，其中几枚铸有将军的头像。还委托马丁保存一个旧葡萄酒木箱，里面是他们从蒙博克斯带来的那套黄金餐具、一些旧床单、两箱书籍、一把钻石镶柄的佩剑和一支坏了的猎枪。在众多旧时留下的小物件中还存有几副不用的眼镜，度数深浅不一，从将军三十九岁发觉刮胡子不方便时开始用的轻度老花镜，直到伸直手臂仍看不清时用的远视镜。

何塞·帕拉西奥斯请堂胡安·德迪奥斯·阿马多尔保管一个箱子，多年来，他们带着这个箱子辗转各地，却并不清楚里面有什么。将军有个特点，他一时冲动会贪多务得，收集一些用处不大的东西，收罗一些庸庸碌碌的人，过了一段时间又不知该怎么处理，只能带着。一八二六年，他从利马到圣菲时带着那个箱子，九月二十五日事件之后，他回南方进行最后一战时仍旧随身带着。"还没有弄清楚是不是我们自己的东西，不能把它扔下。"将军说。这次来圣菲准备向制宪议会提出辞职时，那只箱子依然在他大大减少的行李之中。他们在卡塔赫纳替将军清点所有财产时，终于决定把箱子打开，发现里面杂乱无章，全是多年前就以为遗失了的个人物品。其中有四百一十五枚哥伦比亚铸造的金币、一张乔治·华盛顿将军的肖像和他的一束头发、一个英国国王赠送的金鼻烟壶、一个金匣子（钥匙镶有钻石，匣子里面还有一个小金盒），以及一枚玻利维亚的大金星勋章，镶着许多钻石。何塞·帕拉西奥斯把所有这些东西都寄存在德弗朗西斯科·马丁家，列了清单并做了备注，还要了一张收据。这样一来，行李减少到合理的数量，但是还有三箱可以不带的替换衣服，一箱棉麻桌布，共十条，一箱式样不同的金银餐具，将军不愿留下或卖掉，说是以后招待重要客人时或许用得上。人们多次劝他卖掉这些东西，改善经济状况，但他说这是国家财产，一口拒绝。

他轻装简从，一天路程就到了图尔巴科。第二天出发时天气很好，但还没有到中午，风云突变，他们不得不在一株大树下躲避沼泽地的凄风苦雨，露天过了一夜。将军诉说肝脾疼痛，何塞·帕拉西奥斯按照那本法国医书上的配方给他喝了一剂汤药，但是疼痛加剧，体温升高。次日早晨,他委顿不堪,失去了知觉,只得把他抬到索莱达,镇上一个老朋友堂佩德罗·胡安·比斯瓦尔把他接到自己家里。将军在那里待了一个多月,十月份的淫雨天气令他的各种病痛都变本加厉。

索莱达小镇像它名字那么荒僻[①]:距离圣尼古拉斯峡谷两里左右,全镇只有四条街,街旁多半是穷人凄凉的房屋。几年后,它却成为全国最繁荣热闹的城市。比斯瓦尔的房子是将军所能找到的最舒适、最适合他身体状况的住所,有六个阳光充足的安达卢西亚式的阳台和一个安静的院子,可以坐在那株百年木棉树下沉思冥想。从卧室窗户里可以望到空荡荡的小广场,破败的教堂和棕榈叶屋顶、墙壁刷成牵牛花色的房子。

宁静的户内生活对他并没有帮助。第一晚他昏厥了一次,但不承认这是虚弱的迹象。根据法国医书,他诊断自己的毛病是感冒加剧了黑胆汁病,风寒引起关节炎复发。他一贯反对同时服用治几种疾病的药品,说是有利于某些病的药品却对另一些病有害,合并症状的诊断加深了他这种怪癖的想法。可是他承认,再好的药不吃也治不好病;

---

① 镇名 Soledad 在西语中有"偏僻、荒凉"之意。

他老是抱怨没有好大夫，另一方面又不让别人推荐的许多大夫来给自己看病。

威尔逊上校那时给他父亲的信中说将军随时都可能死去，他对医生的排斥并非出乎蔑视而是由于头脑清醒。威尔逊说，事实上疾病是将军害怕的唯一敌人，他为了不偏离生活中的最高目标而不愿正视疾病。"关心疾病就像是在船上干活，需要拿出全部精神。"将军曾对他说过。四年前在利马时，奥利里劝将军一面制订玻利维亚宪法，一面接受彻底的医疗，将军的回答斩钉截铁：

"同时进行两场赛跑是不会赢的。"

他似乎深信，不停地运动和依靠自身的力量是对付疾病的法术。费尔南达·巴里加惯常像喂小孩似的，在他胸前围块布，用汤匙喂他吃东西，他不声不响地张嘴咀嚼，吃完后又张开嘴。然而这些日子，他夺过盘子和汤匙，不用围嘴自己吃东西，让大家知道他不需要别人帮助。何塞·帕拉西奥斯看到他试图做那些一向由仆人、勤务兵和副官代劳的家务事时，不禁感到心酸，有一次见他把大瓶墨水往小瓶里灌，洒了一桌子，觉得难受极了。这种情况是前所未有的，因为以前即使痛得很凶，他的手从不颤抖，照样每天刮胡子，每星期修指甲。

他在利马的鼎盛时期，曾同一个少女快活了一夜，那姑娘黑黝黝的皮肤上长满一层平伏的汗毛。早晨他刮胡子时，瞅着她一丝不挂躺在床上，心满意足地睡得很香，几乎抵挡不住要同她正式结婚、永远占有她的诱惑。他从脚到头把她全身涂满了肥皂沫，带着情爱的快感用刮胡刀剃去她全身的汗毛，时而用右手，时而用左手，一直剃到浓浓的眉毛，赤条条像初生婴儿一般光鲜。她以战栗的灵魂激动地问他是不是真心爱她，得到的回答是他毕生薄情地灌输在许多女人心中的那句老话：

"胜过世界上任何别的人。"

在索莱达小镇，他刮胡子时自己做了同样的牺牲。仿佛出于孩子气的冲动，他先割下一束所剩无几的平直的白头发。然后有意识地割下另一束，接着像割草似的乱剃一通，嘶哑的嗓子还在朗诵《阿劳加纳》一诗中他喜爱的章节。何塞·帕拉西奥斯走进卧室，想看看他在同谁讲话，只见他在涂满肥皂沫的脑袋上剃头发。结果剃成一个秃头。

这个驱邪的措施并没有解除他的苦难。他白天戴一顶丝软帽，晚上戴一顶红色的尖顶帽，还挡不住令人沮丧的阵阵寒风。他夜里仍旧起来在月光如水的大屋子里走动，只是不再光着身子，而是裹着一条毯子，因为夜里即使比较热他也会冻得发抖。日子一天天过去，一条毛毯也不够了，丝软帽外面还得套上那顶红色的尖帽子。

军人们的阴谋和政客们的钻营大大地激怒了他，有一天下午他猛拍桌子，说是再也不接见他们了。"对他们说，我害的是瘆病，叫他们以后别来。"他嚷道。这一决定十分严格，甚至禁止在他住处穿军服、行军礼。然而没有这一套他又活不下去，他自己下的命令也没有执行，问候谒见和毫无结果的秘密集会像以前一样持续不断。后来他觉得病情严重，终于同意让医生来看看，条件是不让医生检查，不准问他有关病情的问题，也休想让他吃药。

"光来聊聊天。"他说。

中选的医生与他的愿望再相符不过了。此人名叫埃库勒斯·加斯特尔邦多，是个乐呵呵的老头，身躯肥大，性情温和，脑袋秃得发亮，耐心极好，见到他，病人都会觉得轻松一点。他的难以置信的主张和大胆的治疗方法在沿海一带是出了名的。他让害胆病的人吃巧克力酱拌融化的奶酪，劝别人在饭后困倦的时候做爱，说是可以延年益寿；他不停地抽着用破纸卷的劣等烟，让病人也抽，说是能治百病。病人说他从没有治好过病，但他的能说会道让人高兴。他听了哈哈大笑。

"别的大夫手里的病人死得不比我的少,"他说,"可是我的病人死得高兴。"

他是搭巴托洛梅·莫里纳雷斯先生的四轮马车来的。莫里纳雷斯一天要来回几次,带着形形色色的自发的来访者,最后将军不准他们不请自来。医生穿一身没有熨过的白麻布衣服,口袋里鼓鼓囊囊装着零食,在雨中迈着大步,手里撑的一把雨伞有好几处脱线,与其说是挡雨还不如说是招雨。寒暄之后,他首先为那支抽了一半的雪茄的臭气道歉。将军一向讨厌烟草的烟雾,不过在医生来前就同意他抽。

"我已经习惯了!"他说,"曼努埃拉抽的烟比你的还臭,躺在床上也抽,当然她喷的烟比你近。"

加斯特尔邦多立即抓住机会问他迫切想知道的事。

"那当然啦,"他说,"她怎么样?"

"谁怎么样?"

"堂娜曼努埃拉。"

将军冷冷地说:

"很好。"

他明显地换了话题,医生哈哈一笑,掩饰他不礼貌的提问。将军当然知道自己的风流韵事没有一件能逃过侍从们的议论。他从不炫耀猎艳的成绩，但是成绩辉煌，引人注目，因此他的卧室秘密几乎无人不知。从利马到加拉加斯一封平信路上要走三个月，有关他艳事的流言蜚语却一日千里。闲话像另一个影子似的紧随着他，他的情妇们被永远打上了苦难的印记，不过他仍守口如瓶，保守爱情的秘密。谁都不能从他嘴里打听到同他相好的女人的事，只有和他同谋的何塞·帕拉西奥斯例外。他甚至不愿满足加斯特尔邦多大夫不含恶意的好奇心，即使他和曼努埃拉·萨恩斯的亲密关系已众所周知，没有什么可以隐瞒，他也避而不谈。

除了那个小插曲外，加斯特尔邦多大夫同他谈得十分投机。大夫睿智的奇谈怪论使他兴致勃勃，还请他吃带在口袋里的各式各样的小动物形状的糖块、牛奶糖和木薯粉做的小点心，他出于礼貌接受了，并且不知不觉地吃了下去。一天，他抱怨说这些客厅里的小吃只能垫垫饥，不能像他希望的那样滋养身体。"别担心，阁下，"医生回答说，"从嘴里进去的东西都能长肉，从口里出来的东西都能伤人。"将军觉得这个论点十分有趣，同意和医生一起喝了一大杯葡萄酒、一杯西米露。

然而，医生煞费苦心改善的情绪被坏消息泼了冷水。

有人告诉将军，卡塔赫纳的房东因为怕传染，把他逗留时睡过的小床、褥子和床单，以及他碰过的一切物品统统烧掉了。他通知堂胡安·德迪奥斯·阿马多尔用他留下的钱交付房租，除此之外还按新东西的价格偿付所有烧毁的物品。尽管如此，他仍觉得愤懑。

几天后，他听说堂华金·莫斯克拉去美国途中经过这里，但没有来看他。他毫不掩饰自己的焦急心情到处打听，弄清楚莫斯克拉等船时确实在海岸一带待了一个多星期，拜访过许多他们两人共同的朋友和几个他的敌人，对所有的人表示他对将军的不满，说他忘恩负义。起航前，在登船的小舢板上，他还对送行的人总结了他的成见：

"你们要记住，那家伙对谁都没有好感。"

何塞·帕拉西奥斯了解将军对这类指摘是多么敏感。使他最痛心、最气愤的是有人怀疑他的情义；他会拼命使出他可怕的魅力让怀疑的人最终悔悟。在他煊赫之时，安戈斯图拉的美人德尔菲娜·瓜迪奥拉被他的见异思迁激怒，给他吃了闭门羹。"将军，您是位杰出的人物，比谁都伟大，"她说，"不过在爱情问题上，您不怎么样。"他从厨房窗户爬进屋，同她待了整整三天，直到德尔菲娜相信他的真情实意，为此他几乎打败仗，甚至差点丢掉性命。

那时他已无法找到莫斯克拉本人,只得逢人便讲他的怨恨。他不厌其烦地问,莫斯克拉同意把委内瑞拉放逐他的决定用公函通知他,还有什么资格讲情义。"我为了不让他遭到历史的谴责,没有给他反击,他应当感激才是。"将军嚷道。他重提自己替莫斯克拉做了多少事,帮他达到现在的地位,怎样忍受了他那乡巴佬式的自我陶醉和狂妄。最后,他给他们两人都认识的一个朋友写了一封措辞激烈的长信,不管莫斯克拉在世界什么地方都要让他知道将军的气恼。

在另一方面,迟迟不来的消息使将军坠入一片无形的迷雾。乌达内塔仍旧没有回信。他派到委内瑞拉的布里塞尼奥·门德斯曾给他寄过一封信,还捎上一些他特别喜欢的牙买加水果,但是信使在海里溺毙。他派到东部边境的胡斯托·布里塞尼奥来信之慢让人沉不住气。乌达内塔的沉默给全国蒙上一层阴影。他在伦敦的通讯员费尔南德斯·马德里之死给全世界蒙上一层阴影。

将军并不知道虽然他没有接到乌达内塔的消息,乌达内塔却同他的侍从军官们经常通信,要他们从将军口里得到一个明确的答复。乌达内塔在给奥利里的信中写道:"我要确切知道将军是否接受总统职位,还是我们水底捞月,白忙了一辈子。"奥利里和其他侍从军官都想通过平时随意的谈话探探将军的口气,好给乌达内塔答复,但是将军一直回避,滴水不漏。

里奥阿查方面终于来了确切消息,比预计坏得多。曼努埃尔·巴尔德斯将军按原定计划在十月二十日取下该城未遇抵抗,但第二星期被卡鲁霍消灭了两个侦察连。巴尔德斯向蒙蒂利亚提出辞呈,希望光荣解职,蒙蒂利亚认为他不配。"那个浑蛋吓破了胆。"他说。根据最初的计划,离攻克马拉开波的日期只剩十五天,但如今控制里奥阿查的希望已成泡影。

"妈的!"将军嚷道,"我最优秀的几个将军居然对付不了一场兵营动乱。"

最让他伤心的消息是政府军所到之处,当地居民纷纷逃亡,因为里奥阿查人认为他们所崇拜的同乡帕迪亚海军上将是死在将军手里的,把将军和政府军等同了起来。祸不单行,国内别的地方也告急,无政府状态到处蔓延,一片混乱,乌达内塔政府无法控制。

一天,加斯特尔邦多大夫看到将军在圣菲派来通报最新情况的特使面前破口大骂,再次为愤怒的振作能力感到惊奇。"那个狗屎政府,它不动员百姓和重要人物,却使他们陷于瘫痪,"他嚷着说,"它会第三次垮台,再也爬不起来,因为组成它的人和支持它的群众会被全部消灭。"

医生想让他平静下来,但是毫无办法,将军骂完政府之后又逐个数落它的参谋部成员。他说华金·巴里加上校,三次大战役的英雄,要多坏有多坏:"甚至搞暗杀。"佩德罗·马格蒂奥将军有参与暗杀苏克雷的嫌疑,将军说他在指挥军队方面是无能之辈。冈萨雷斯将军是他在考卡的心腹,被他一语否定:"这个人的毛病是软弱多疑。"他喘着气倒在摇椅里,让心脏休息一下,二十年来他的心脏就一直有点衰弱。这时他看到加斯特尔邦多大夫吃惊地待在门口,又提高嗓门说:

"总而言之,一个赌博输掉两幢住宅的人,你对他又能有什么指望?"

加斯特尔邦多大夫莫名其妙。

"您在说谁呀?"他问道。

"乌达内塔,"将军说,"在马拉开波输给一个海军司令,但是在文件上写得像是卖掉的。"

他呼哧呼哧直喘气。"当然,他们都是桑坦德那个狡诈家伙身边的好人,"他接着说,"他的朋友们盗用英国贷款,以实际价值的十分之一买下国家债券,然后国家又以百分之百的价格收回。"他声明他并不是因为贪污的危险而反对借债，而是因为他预见到债务会威胁付出了那么多鲜血才换来的独立。

"我比憎恨西班牙人更憎恨债务，"他说，"因此我警告过桑坦德，如果我们接受了外债，我们为国家做的全部好事都会付诸东流，因为我们要付利息，几个世纪都付不清。现在大家都看清楚了：债务最终会打垮我们。"

现政府初创时期，他不但同意乌达内塔尊重战败者生命的决定，并且赞扬说这是新的战争伦理："我们不希望我们目前的敌人以后用我们对付西班牙人的手段来对付我们。"那就是指，进行一场你死我活的战争。但是在索莱达小镇凄凉的晚上，他在一封激烈的信中提醒乌达内塔说，在所有的内战中，赢得胜利的总是最凶狠的人。

"相信我，大夫，"他对医生说，"我们只有以对手的鲜血为代价，才能保存我们自己的权威和生命。"

一阵暴怒过去了，没留下任何痕迹，就像开始时那么突然，将军着手为他刚才侮辱过的军官们作历史性的赦免。"说到底，错的人是我，"他说，"他们只想争取独立，那是眼前具体的东西，并且他们干得很出色！"他向医生伸出瘦骨嶙峋的手，让医生拉他起来，最后叹一口气说：

"而我却在迷梦中摸索,寻求根本不存在的东西。"

那些日子,他决定了伊图尔比德的去向。十月底,伊图尔比德接到他侨居乔治敦的母亲的来信,告诉他自由派力量在墨西哥的进展使他们家回归祖国的希望更加渺茫。他从小就有一种彷徨感,现在越来越深,到了无法忍受的程度。一天下午,他搀扶着将军在回廊里散步,将军突然回忆起往事来。

"我对墨西哥只有一个坏印象,"他说,"在维拉克鲁斯,港口司令的两条大猎犬撕碎了我带往西班牙的两只小狗。"

不管怎么样,他说,那是他涉足世界的第一次经历,一直铭刻在他记忆中。一七九九年二月,他初次去欧洲,本来只准备在维拉克鲁斯短暂停留,但由于下一站哈瓦那遭到英国封锁,几乎待了两个月。船期延误使他有时间乘马车到了墨西哥城,在积雪覆盖的火山和光怪陆离的沙漠中间登上海拔将近三千米的高原,同他赴欧前一直居住的阿拉瓜平原的田园风光毫无共同之处。"我想月球上的景色大概也是这样的。"他说。墨西哥城新鲜的空气使他吃惊,集市的整洁和绚丽多彩又使他眼花缭乱,集市上出卖的食物包括红色蠕虫、犰狳、蚂蟥、蝗虫卵、蚱蜢、黑蚂蚁蛹、山猫、蜜渍水蟑螂、玉米蜂、人工饲养的鬣蜥、响尾蛇、各式各样的禽鸟、小得出奇的狗,还有一种自己会不停跳动的豆子。"凡是会动的东西那边都能吃。"他说。使他感到惊讶的还有贯穿全城的许多条清澈见底的运河,色彩明快的平底船和姹紫嫣红、林林总总的花木。但使他感到压抑的是二月份的短日照、沉默忧郁的印第安人、没完没了的牛毛细雨,他这些感受日后在圣菲、利马、拉巴斯和安第斯山区都重新出现,使他感到沮丧。经人推荐,主教接待了他,拉着他的手去谒见总督。在他眼里,总督比主教更像主教,而总督却没有十分注意这个皮肤黝黑、衣着讲究、身材瘦小、自称推崇法国大革命的少年。"我说崇拜法国大革命可能招来杀身之祸,"将军觉得有趣地说,"不过当时我想,对总督应该谈些政治性的问题,我十六岁时知道的政治只有法国大革命。"继续旅行之前,他写了一封信给他叔父堂佩德罗·帕拉西奥斯-索霍,那是他第一封被收藏的书信。"我写的字糟透了,连自己都看不清,"他笑得上气不接下气地说,"可是我跟叔父解释是由于路途劳累。"那封一页半的信上有四十个错别字,其中有两处都把"hijo"写成了"yjo"[①]。

---

[①] hijo 指儿子,yjo 与 hijo 发音相同。

伊图尔比德插不上嘴，他记得的事情不多。他对墨西哥的回忆只有不幸，不幸加重了他与生俱来的忧郁，将军很能理解。

"别留下跟随乌达内塔，"将军劝告他，"也不要全家去美国，美国强大可怕，它自由的神话最终会使我们陷入苦难。"

这句话在犹豫的沼泽中又投下一块疑虑的石子。伊图尔比德说：

"别吓唬我，将军！"

"你不用怕，"将军平静地说，"去墨西哥吧，即使别人要杀你，即使会死在那里也得去。趁你现在还年轻的时候去吧。蹉跎下去就晚了，那时候你会觉得无家可归。你在任何地方都会觉得自己是外人，那比死还难受。"将军直盯着他眼睛，把手掌按在胸口说：

"听我的话吧。"

伊图尔比德在十二月初带着将军给乌达内塔的两封信离开，其中一封说他、威尔逊和费尔南多是将军最信赖的人。伊图尔比德在圣菲待到次年四月，去向未定，乌达内塔却被桑坦德分子阴谋推翻下了台。伊图尔比德的母亲坚持不渝，终于让他得到任命，在墨西哥驻华盛顿的使团当秘书。他后半辈子默默无闻地担任公职，再也没有听到有关他们一家的消息。三十二年后,哈布斯堡的马克西米利亚诺在法国武力支持下当了墨西哥皇帝,收养了伊图尔比德家族第三代的两个男孩,定为他那昙花一现的王位的继承人。

将军托伊图尔比德带给乌达内塔的第二封信请他把以前的信和今后收到的信统统销毁,以免这段灰暗的日子留下痕迹。乌达内塔没有照办。五年之前,他向桑坦德将军也做过类似的请求:"无论在我生前死后,请您不要公布我的信件,因为写得很潦草杂乱。"桑坦德也没有照办,桑坦德写的信同将军的完全相反,形式和内容都周密严谨,一看就知道写信人想留诸后世。

从在维拉克鲁斯写给他叔父的第一封信到死前六天口授的最后一封信,将军至少写过一万封信,有的是亲笔,有的是口授,由书记员代笔,另一些则是书记员根据他的指示自己缮写的。保存下来的有三千多封信和八千多份由他签署的文件。有时候他把书记员搞得晕头转向。有时候又完全相反。有一次,他觉得刚口授完的一封信写得不好,也不重写,只在书记员写的纸上亲笔加了一句:"您准能看出,马特利今天比任何时候更糊涂。"一八一七年,他离开安戈斯图拉去解放全美洲的前夕,一天之内口授了十四份文件安排政府工作。也许就是这件事成了那从未遭到反驳的传说的源起：他经常同时向好几个书记员口授几封不同的信。

十月份阴雨连绵。将军待在屋子里再也不出来，加斯特尔邦多大夫绞尽脑汁想办法让将军见他，吃他的东西。何塞·帕拉西奥斯看到午睡时间将军躺在吊床上一动不动，望着窗外空广场上的雨景，认为他在回顾一生中最隐秘的时刻。

"天哪，"一天下午他叹息说，"不知道曼努埃拉怎么样了！"

"我们只知道她很好，因为没有收到她的任何消息。"何塞·帕拉西奥斯说。

乌达内塔上台以后，她就音讯杳然。将军没有再给她写信，但是盼咐费尔南多随时将旅行进程告诉她。她最后的一封信是八月底收到的，讲了准备军事政变的许多机密情况，为了故意迷惑敌人，文字晦涩，内容错综复杂，叫人琢磨不透其中奥妙。

曼努埃拉忘了将军的忠告，全心全意甚至兴高采烈地扮演了国内第一个玻利瓦尔分子的角色。她单枪匹马发动了一场反对政府的宣传战。莫斯克拉总统不敢碰她，但不阻止手下的部长们同她对着干。曼努埃拉用谩骂的印刷品答复官方报纸的攻击，她骑着马，带着女奴，在皇家大街上散发。她在郊区卵石铺地的小街上咄咄逼人地追逐那些散发反将军传单的人，用更带侮辱性的招贴覆盖那些一早就刷在墙上的侮辱性的标语。

这场官方的战争演变成指名道姓对她个人的攻击。她并不示弱。她在政府中的心腹有一次通报她说，广场上的官方庆祝活动准备搭一个焰火城堡，有将军身穿国王冠袍的模拟像。曼努埃拉带了女奴闯过警卫，纵马冲垮了焰火台。于是市长亲自率领一队士兵想在夜间逮捕她，她手握两支上了膛的短枪在门口等候，经过双方朋友的调解才避免一场更大的事件。

乌达内塔将军上台这件事才能使她平息下来。乌达内塔是她的真朋友，她则是乌达内塔最积极的同谋。当将军在南方同秘鲁侵略者作战时，她独自在圣菲，乌达内塔关心她的安全，照顾她的生活，成了她的可靠朋友。当将军在制宪议会上发表那倒霉的宣言时，曼努埃拉劝说他写信给乌达内塔："我不忘过去的友情，衷心希望同你彻底和解。"乌达内塔接受了这个磊落的提议，军事政变之后，曼努埃拉感恩图报，从公共生活中消失了，谁都不知道她的下落。十月初传说她已经去美国,人们也不怀疑。看来何塞·帕拉西奥斯说得对:曼努埃拉过得很好,因为谁都没有她的消息。

在那些淫雨霏霏的日子里,将军抚今追昔,不知道自己在等什么、等谁,又为什么要等,悲切之极,竟然在睡眠中哭泣。何塞·帕拉西奥斯听到细微的抽噎,以为是那条从马格达莱纳河救起的野狗发出的声音,但仔细辨认却是将军。多年来他同将军朝夕相处,只见将军哭过一次,那一次不是由于悲伤而是由于愤怒。他不知如何是好,把在走廊里值班的伊巴拉上尉叫来,伊巴拉也听到了哭泣声。

"这对他有好处。"伊巴拉说。

"对我们大家都有好处。"何塞·帕拉西奥斯说。

将军第二天醒得比平时晚一些。隔壁果园里的鸟叫和教堂的钟声都没有把他吵醒,何塞·帕拉西奥斯几次俯身凑近吊床,听听他有没有呼吸。他睁开眼睛时已八点多钟,天气很热。

"十月十六日,星期六,"何塞·帕拉西奥斯说,"圣玛加丽塔·玛丽亚·阿拉科克日。"

将军从吊床里抬起身来,透过窗户注视着那孤寂的、满是灰尘的广场,墙面剥离的教堂,还有几只兀鹫在争抢一条死狗的残骨碎肉。早晨阳光的干烈预示着这将是闷热得叫人喘不过气来的一天。

"咱们赶快离开这里，"将军说，"我不想听到行刑的枪声。"

何塞·帕拉西奥斯心中一震。他在另一个地点、另一个时间也听到过这句话，将军同当时的情景一模一样：他光着脚站在砖地上，穿着长衬衫，剃光的头上戴着一顶睡帽。那是现实生活中一场旧梦的重现。

"咱们不会听到的，"何塞·帕拉西奥斯说，并且故意强调，"皮亚尔将军是在安戈斯图拉被枪决的，不是今天下午五点钟，而是十三年前的今天。"

曼努埃尔·皮亚尔将军是来自库拉索岛的彪悍的穆拉托人①，三十五岁，军功卓著。当解放军比任何时候都更需要团结一致，以便遏制莫里略的嚣张气焰时，皮亚尔却向将军的权威挑战。他纠集了全国的黑人、穆拉托人和社会底层人民反对加拉加斯以将军为代表的白人贵族阶层。他的声望和救世主似的光彩几乎可同何塞·安东尼奥·派斯或者保皇派的博韦斯相比，解放军里某些白种军

---

① 指白人和黑人的混血。

官甚至都对他有了好感。将军好说歹说都不能让他改变主意，于是下令逮捕了皮亚尔，押解到临时首都安戈斯图拉，将军的势力在那里比较大，有一批亲信的军官，其中好几个日后陪伴他做了马格达莱纳河上的最后一次旅行。由将军指定、包括了皮亚尔的军职朋友的军事法庭做了速决审判。何塞·马利亚·卡雷尼奥担任起诉。官方的辩护人声称皮亚尔是反西班牙殖民势力斗争的杰出人物之一，对他颂扬备至，并未夸张。他被认定有私逃、哗变、反叛罪，判死刑，剥夺军衔。人们认为他立有不少汗马功劳，将军不可能批准他的死刑判决，何况当时莫里略又收复了几个省，爱国军士气低落，有散伙的危险。将军受到各种压力，和蔼地听取了包括布里塞尼奥·门德斯在内的亲密朋友的意见，但是决心不改。他撤销了剥夺军衔的判决，批准了枪决，并且公开执行。那一夜长得难熬，什么不幸的事都可能发生。十月十六日下午五点钟，枪决在安戈斯图拉大广场酷烈的阳光下执行，而这个城市正是皮亚尔六个月前从西班牙人手里夺取的。行刑队长吩咐手下人把兀鹫啄食的一条死狗扔到别处，关闭广场入口，以免有动物钻进来扰乱严肃的处决。他拒绝了皮亚尔要求自己向行刑队下令射击的荣誉，强行把皮亚尔的眼睛蒙上，但不能阻止他吻十字架和国旗,向人世告别。

行刑时,将军拒不出场。只有何塞·帕拉西奥斯一人陪他待在家里,看他在枪响时竭力忍住眼泪。在向士兵们发布的公告中,他说:"昨天是使我心痛的日子。"但是他以后一再重申那是政治需要,结果是挽救了国家,慑服了反叛者,避免了一场内战。不管怎么说,那是他一生中最粗暴的权力运作,也是最及时的行动,因为立即巩固了他的权威,统一了指挥,铺平了通向光荣的道路。

十三年后,他身在索莱达小镇,似乎还不明白自己成了畸形时代的牺牲品。他继续瞅着广场,看到一个衣衫褴褛的卖水老太婆牵着一头挂满椰子壳的驴子穿过广场,吓得兀鹫一哄而散。他宽慰地舒了一口气,回到吊床上,自言自语说出了何塞·帕拉西奥斯自从安戈斯图拉那个悲惨的夜晚以来一直想知道的答复。

"我还是会那么做。"他说。

最大的危险在于行走，倒不是怕他摔跤，而是明显地看出他走路实在吃力。在家里上下楼梯当然会有人扶他，虽然他自己一个人也行。问题是真正需要搀扶的时候，他不让别人这么做。

"谢谢，"他总是这么说，"我自己能行。"

有一天却不行了。他正想独自下楼时，突然觉得天旋地转。"我两腿一软不知怎么就摔倒在地，失去了知觉。"他告诉一个朋友说。更糟糕的是，他侥幸没有摔死是因为他在楼梯口就昏厥过去，由于身体太轻，没有继续滚下楼。

堂巴托洛梅·莫里纳雷斯上次来将军住所后留下了马车，加斯特尔邦多大夫赶紧用这辆车把他送到圣尼古拉斯峡谷，替他在宽街安排了一间敞亮通风的卧室。半路上，他的左内眼角开始淌出黏稠的东西，使他很不舒服。他什么都不理会，有时念念有词，像是在祈祷，其实是在整段整段地背诵他喜爱的诗歌。医生用自己的手帕替他擦干眼睛，将军一向注意仪表整饬，现在居然让别人代劳，使医生觉得吃惊。快进城时他才清醒，因为一群惊牛几乎撞上他们的马车，最后把教区神甫的四轮车掀翻。神甫从车上给甩了出去，但随即一跃而起，浑身连头发都沾上白色的尘土，前额和手上满是血。将军惊魂甫定，继续上路，投弹手只得在前面开道，让那些闲逛的行人和光屁股的小孩闪开，他们只想看热闹，根本不知道车上那个形容枯槁的人是谁。

医生把神甫介绍给将军，说早在主教们在讲道台上大肆攻击将军，指控他是淫邪的共济会员，把他逐出教会时，那个神甫就是将军的少数支持者之一。将军似乎不明白出了什么事，只在看到神甫长袍上的血迹之后才清醒。神甫请将军施加影响，不准牛在城里乱跑，路上有这么多车辆，不出事故简直不可能。

"别自寻烦恼啦，神甫阁下，"将军连看都没有看他说，"全国都一样。"

上午十一点钟的太阳直勾勾地晒着廓落大街的沙地，

整个城市都反射出热气。将军感到欣慰的是不必在那里长住，只要调养一下就可以离开，然后挑一个大风大浪的日子出海航行，因为法国医书上说晕船有利于排除胆汁、清理肠胃。他很快就恢复了，但是要等船和坏天气却不那么容易。

将军没有精力参加任何政治或社交活动，偶尔接待一些客人，也都是路过该城向他告别的老朋友，他为自己的身体不听从愿望而生气。他借住的房子在十一月份之前还是凉爽舒适的，主人把它布置成了一个宽敞的家庭病房。堂巴托洛梅·莫里纳雷斯是被战争毁掉家产的许多人之一，战争给他留下的只是邮政局长的职务，十年以来一直没有薪俸。他为人十分宽厚，将军从上次路过这里开始称呼他大爷。他妻子是个自得其乐、具有强烈母性的女人，整天编织花边，卖给从欧洲来的轮船上的人，生意很好。但是将军来后，她把时间全用于照顾将军了，甚至同费尔南达·巴里加闹了些小矛盾，因为她相信橄榄油对肺病有好处，要在将军吃的豆子里加橄榄油，而将军出于感激硬着头皮吃了下去。

那几天最使将军烦恼的是泪腺流脓，他情绪大坏，终于同意用母菊浸液滴眼。他参加牌局，暂时排遣傍晚的愁闷和蚊虫的骚扰。他生平做事难得后悔，但在一次同房东夫妇半开玩笑半认真的争论中感慨万分地说，一项满意的协议比赢得一千次诉讼更可贵，使房东夫妇大为诧异。

"在政治问题上也这样吗？"莫里纳雷斯问道。

"在政治问题上尤其如此，"将军说，"我们没有同桑坦德妥协，结果大家都受到损害。"

"只要有朋友，就还有希望。"莫里纳雷斯说。

"完全相反，"将军说，"毁掉我光荣的不是敌人的背信弃义，而是朋友的卖力。是他们使我陷入奥卡尼亚国民大会的灾难，卷进了君主制的麻烦事，他们先是怂恿我争取重新当选，后来又用同样的理由劝我辞职，现在又把我困在这个国家，一筹莫展。"

雨下个没完，潮湿开始使记忆出现了裂隙。气温很高，晚间也不减退，将军的衬衣老是湿漉漉的，一夜要换好几次。"我像是待在蒸笼里。"他抱怨说。一天下午，滂沱大雨形成的洪水似乎要把房屋都卷走，将军在阳台上坐了三个多小时，看水流挟带着贫民区的断砖残瓦、家用器皿和动物尸体在街上流过。

城防司令胡安·格伦少校在大雨中跑来报告说他们逮捕了一个在比斯瓦尔先生家帮佣的女人，因为她把将军在索莱达剃下的头发当作圣物兜售。将军听说他的头发都成了买卖的商品,又勾起了伤心。

"我仿佛已经被当成死人了。"他说。

莫里纳雷斯太太为了听他们聊天,早就把摇椅挪近了牌桌,这时插嘴说:

"你被当成是名副其实的圣徒。"

"好吧,"他说,"果真是这样,就放掉那个可怜的女人。"

他不再阅读书信文件。如果非写信不可,他就指点一下,让费尔南多代笔,少数几封需要他签名的信也不看一遍。早晨他坐在阳台上望着沙漠一般的街道,看那头驮水的驴子、那个卖干鱼的自得其乐的女人、十一点准时放学的小孩,以及长袍上打了不少补丁的神甫在面前走过,神甫在教堂门廊里向他祝福,然后消失在炎热中。下午一点钟,人们都在午睡,他向满是烂芦苇秆的河边走去,吓飞了广场上一群群的兀鹫,偶尔有几个人见他形销骨立、穿着便服还能认出他,向他招呼,他一一回答,终于来到码头对面投弹手驻扎的泥巴苇子墙的棚屋。士兵们闲得发慌,士气低落得让他担心,营房乱七八糟,臭气熏人。但是一个仿佛热得昏昏沉沉的军士长讲了实话,使他目瞪口呆。

"将军阁下,困扰我们的不是士气,"他说,"而是淋病。"

他直到那时候才知道。当地的医生们用高锰酸钾溶液灌洗,用乳糖溶液缓解疼痛,再没有更好的办法,便把问题提请军官们解决,军官们对于该怎么做还没有取得一致意见。全城已经知道他们面临的威胁,共和国的光荣军队被看成是传播瘟疫的使者。将军最担心的是军心涣散,发现事实真相后倒不太惊慌,下令绝对隔离,大刀阔斧地解决了问题。

长时间得不到消息,凶吉难卜,使人焦躁不安,这时候圣玛尔塔一个骑马的信使送来了蒙蒂利亚将军晦涩难懂的短笺:"人已经在我们手里,事情办得很顺利。"将军觉得信的内容奇怪,送信的方式又很特殊,心想一定是头等重要的军务大事,也许同里奥阿查的战役有关。他认为这一战役具有重大的历史意义,但谁都不愿相信。

那时候出于安全考虑,把信件写得含混不清,把军事简报故意搞得错综复杂是很正常的事;当初策划反抗西班牙殖民统治时行之有效的密码通讯制度由于政府懒散早已废弃。将军老是担心军人欺骗他,蒙蒂利亚也有这种疑虑,这一来问题更为复杂,将军急切地希望解开这封信的谜底,便派何塞·帕拉西奥斯去圣玛尔塔，名义上是采购一些当地市场上没有的新鲜水果和蔬菜，捎上几瓶干白葡萄酒和小麦啤酒，真正的目的是弄清楚密信的含义。其实非常简单：蒙蒂利亚想说的是米兰达·林赛的丈夫已经从翁达监狱押解到卡塔赫纳，赦免是指日可待的事。谜底毫无奥妙，将军十分失望，甚至并不为自己替牙买加的救命恩人做了一件好事而感到高兴。

圣玛尔塔主教在十一月初亲笔给将军写了一张便条，告诉他说上周邻镇西恩纳加的居民企图组织一次暴乱，声援里奥阿查，主教出面斡旋才平息了居民的情绪。将军也亲笔写信向主教表示感谢，并且请蒙蒂利亚酌情行事，但是主教迫不及待地向他要债的做法使他很不高兴。

他同埃斯特维斯主教之间的关系一向不太和谐。尽管手握虔诚的法杖，主教却是一个激昂的政治家，不过境界不高，他从心底里反对共和国，反对美洲一体化，反对同将军政治思想有关的一切主张。主教是制宪议会的副主席，会议的真实目的是阻挠苏克雷得势，主教心领神会，在那次会议上，无论在选举政府官员或是在争取友好解决同委内瑞拉冲突方面，主教都耍了很多手腕。莫里纳雷斯夫妇了解他们之间的分歧，因此下午四点钟吃点心时，听到将军一句意在言外的话并不感到诧异。

将军说:"在我们的国家,一个主教的斡旋居然能消弭革命,我们的子孙后代能有什么出息?"

莫里纳雷斯太太用亲热然而坚定的责备口气说:

"即便将军阁下在理,我也不想知道,我们是老派的天主教徒。"

将军立刻修正了自己的话:"您肯定比主教大人虔诚得多,因为他维护西恩纳加的和平并不是出于对上帝的爱,而是要团结教徒们同卡塔赫纳打仗。"

"我们这里也反对卡塔赫纳的专制。"莫里纳雷斯先生说。

"我清楚,"将军说,"每一个哥伦比亚人彼此都像是一个敌对的国家。"

将军从索莱达请蒙蒂利亚派一艘小轮船到邻近的萨瓦尼利亚港口,便于他实践用晕船排除胆汁的计划。蒙蒂利亚没有立即照办,因为堂华金·德米耶尔,一个曾是艾尔勃斯海军准将的合伙人的西班牙共和党人,早就答应向蒙蒂利亚提供一艘在马格达莱纳河不定期航行的汽船。德米耶尔当时没有闲着的船只可派,蒙蒂利亚便在十一月中旬派来了一艘事先没有通知而抵达圣玛尔塔的英国商船。将军一接到消息就表示要利用这个机会出国。"我坚决不死在这里,无论去什么地方都行。"他说。接着,他仿佛看到卡米尔在临海一个花团锦簇的阳台上注视着天际,等着他去,激动地舒了一口气说:

"牙买加希望我去。"

他吩咐何塞·帕拉西奥斯收拾行李,当天夜里,为了寻找一些非带走不可的文件,熬到很晚。他累极了,一觉睡了三个小时。天亮时,他睁眼躺在床上,何塞·帕拉西奥斯宣告日期的时候,他才清楚自己在哪里。

"我梦到了圣玛尔塔,"他说,"非常清洁的城市,一排排一模一样的白房屋,但是海被山挡住了,看不见。"

"那就不是圣玛尔塔,"何塞·帕拉西奥斯说,"是加拉加斯。"

将军做的梦表明他们不会去牙买加。费尔南多一早就在码头上安排旅行的细节,回去时看到他叔父正向威尔逊口授一封给乌达内塔的信,要乌达内塔发一份新的出国护照,因为下台政府的护照没有效力。这是他为取消旅行做出的唯一解释。

但是大家都认为真正的理由在于他上午接到的有关里奥阿查战况的消息,那些消息比先前收到的更糟。从这边的海岸到另一边的海岸，整个国家已经四分五裂，内战的幽灵在她的废墟上肆虐，在逆境面前知难而退是将军最厌恶的事。"我们准备做出一切牺牲来拯救里奥阿查。"他说。病人的忧虑比他不可逆转的疾病更使加斯特尔邦多大夫担心。只有他可以同将军谈实话而不伤将军的心。

"世界末日即将来临，而你还在关心里奥阿查，"他对将军说，"这是我们做梦也想不到的荣幸。"

将军马上回答：

"世界的命运有赖于里奥阿查。"

他确实是这么想的，计划攻占马拉开波的日期已到，但胜利的影子却没有看到，他的焦急溢于言表。十二月份已经临近，下午的天空像黄晶一般清澈璀璨；现在他担心的不仅是失掉里奥阿查以至整个沿海地带，而是委内瑞拉会组织一支远征军，把他理想的最后一点遗迹一扫而光。

上周以来，天气开始好转，原先阴雨连绵，现在白天晴空如洗，晚上星汉灿烂。将军对良辰美景毫无兴趣，有时躺在吊床上出神，有时无牵无挂地玩牌。不久之后，他们正在玩牌时，一阵带玫瑰香气的海风吹跑了他们手中的纸牌，刮开了窗户的插销。莫里纳雷斯太太为美好季节的先期来临感到兴奋，不禁嚷道："十二月来了！"威尔逊和何塞·劳伦西奥·席尔瓦赶紧关好窗户,免得屋里的东西吹得乱七八糟。只有将军还在沉思冥想。

"已经十二月了,我们毫无进展,"他说,"怪不得人家说宁肯要坏军士长,也不要无能的将军。"

他接着玩牌,一局没完,他把牌搁在一边,吩咐何塞·劳伦西奥·席尔瓦做好动身的一切准备。威尔逊上校前一天刚把将军的行李再次搬下船,因而给弄得莫名其妙。

"船已经开了。"他说。

将军也清楚。"那条路不对,"他说,"应该去里奥阿查,看看能否使我们杰出的将军们终于决心打几个胜仗。"他离开牌桌之前,认为有责任向房东夫妇解释。

"现在根本不是战争必要与否的问题,"他说,"而是荣誉问题。"

十二月一日,上午八点左右,他登上双桅帆船曼纽尔号。华金·德米耶尔先生把这条船交给他随意使用:兜兜海风排除胆汁,去他在圣佩德罗·亚历杭德里诺的榨糖厂以换换环境,从他的多种疾病和无数痛苦中稍稍康复,或者前往里奥阿查,再作一次拯救美洲的尝试。同何塞·马利亚·卡雷尼奥将军一起乘双桅帆船同来的马里亚诺·蒙蒂利亚将军设法让一艘美国三桅帆船格兰普斯号替曼纽尔号护航,格兰普斯号除了配备多门火炮外,船上还有一位好大夫奈特。但是蒙蒂利亚看到将军病病歪歪的样子,不想仅仅听取奈特医生的意见,还去同将军的当地医生商量。

"我认为他根本经受不住这次航行,"加斯特尔邦多大夫说,"不过还是让他去吧,怎么都比待在这里好。"

大西恩纳加水道缓慢炽热,散发着有害的蒸汽,他们便改走海路,利用那年提前刮起的北方信风。挂着方帆的双桅船为将军准备了一间舱房,船只保养得很好,清洁舒适,行驶时有一种欢快的气氛。

将军兴致勃勃上了船,想待在甲板上观看马格达莱纳河的入海口,它挟带的泥沙使海水呈现灰色,延伸出好几里。将军穿着一条旧灯芯绒裤,头戴安第斯软帽,上身是双桅帆船船长送给他的英国海军上装,在阳光的照射和微风的吹拂下,他的气色似乎好了一些。船上的水手为了让他高兴,捕获了一条大鲨鱼,鱼肚子里除了一些金属小物品外,还有几个骑手用的马刺。他像旅游者那么兴高采烈,终于累了,又陷入沉思。他招呼何塞·帕拉西奥斯过来,附耳说:

"莫里纳雷斯大爷现在准是在烧床垫,把匙子埋掉。"

中午时分,他们在大西恩纳加前面驶过,那是一大片混浊的水面，天上各种飞禽争先恐后地在捕食一群金色的小金枪鱼。沼泽地和海水之间是炙热的硝石平地，阳光灿烂，空气清新，渔民的房舍集成村落，院子里铺晒着他们的捕获物，远处就是那个神秘的西恩纳加小镇，白天都出现幻影，使得德国地理学家洪堡的学生怀疑他们老师的叙述是否正确。大西恩纳加的另一边则是内华达山脉常年积雪的峰顶。

双桅船静悄悄地鼓着方帆，几乎是贴着水面飞行，轻捷平稳，没有产生将军希望的用以排除胆汁的晕眩。再往前，当他们经过延伸到海岸的山的一条支脉时，波浪变得汹涌，风势也大了。将军急切地观察那些变化，食肉飞禽在他头顶上空盘旋，他觉得天旋地转，冷汗湿透了衬衣，泪水模糊了眼睛。蒙蒂利亚和威尔逊不得不扶着他，因为他身体太轻，一个海浪就可能把他从甲板上卷走。下午，帆船驶进平静的圣玛尔塔海湾，他那虚弱的身体里已经没有可以排除的东西，他疲惫不堪地躺在船长的床铺上，奄奄一息，但为了愿望实现而感到陶醉。蒙蒂利亚见到他这副模样惊骇万分，下船前让奈特大夫再看看他，奈特决定用担架把他抬上岸。

在码头上迎候的人寥寥无几，圣玛尔塔人本来就对任何带官方色彩的事情不感兴趣，何况还有一些别的原因。圣玛尔塔是共和事业最难吸引的城市之一。博亚卡之役奠定了独立的基础之后，萨马诺总督逃到该城等待西班牙援兵。将军本人曾数次企图解放该城，但直到共和国建立之后，才由蒙蒂利亚达到目的。除了保皇派的怨恨之外，圣玛尔塔人都对卡塔赫纳有敌对情绪，认为卡塔赫纳是中央政权的宠儿，将军对卡塔赫纳人又特别有好感，助长了这种情绪而不自知。然而最重要的理由是海军上将何塞·普鲁登西奥·帕迪亚的速决处死，糟糕的是他和皮亚尔将军一样，也是穆拉托人，即使在将军的支持者中间，也有许多人感到不满。做出死刑判决的军事法庭的主席是乌达内塔，他当上总统之后人们怨气更大。教堂的钟没有按预定计划敲响，没人知道是怎么一回事，莫罗要塞上没有鸣放礼炮，说是军火库的火药那天早上受了潮。将军上岸前不久，士兵们忙乎了一阵子，以涂去教堂侧墙上用炭写的标语："何塞·普鲁登西奥万岁。"少数几个在码头迎候的人接到他到达的官方通知时并不怎么激动。最引人注意的是埃斯特维斯主教没有到场，他是通知名单上第一个重要人物。

堂华金·德米耶尔有生之年一直记得他们薄暮时用担

架抬上岸的那个瘦得可怕的人的模样,他身上裹着毛毯,套戴的两顶软帽遮到眉毛,只剩下一口气。但是记得最清楚的是他滚烫的手,灼热的呼吸,以及超自然的意志:他下了担架,由副官们扶持着站直身体,挨个儿招呼大家,每个人的头衔和全名都不遗漏。然后他被架上马车,倒在座位上,脑袋无力地靠着,但是眼睛急切地望着车窗外面一去不返的世界。

车队只消穿过马路就到他下榻的旧海关房子。那是星期三,晚上八点左右,由于十二月和风初起,滨海小路上有些周末的气氛。街道宽阔肮脏,有阳台围绕的石砖房屋比全国任何地方都保存得更好。居民们搬出家具,全家老小都坐在人行道上,有些人家甚至在街心招待客人。树间的一群群萤火虫发出的萤光照耀着滨海大街,比灯火还明亮。

旧海关房子是全国最古老的建筑,有二百九十九年的历史,前不久经过翻修。将军的卧室安排在二楼,面对海湾,但是他大部分时间喜欢待在正厅,那里有挂吊床的铁环。正厅里还有一张粗雕的桃花心木长桌,十六天之后,这里成了他的灵堂。他的经过防腐处理的尸体躺在这张桌子上,身穿蓝色的将军服,但是八颗纯金的扣子在丧事的混乱中不知被谁揪走了。

只有他本人仿佛没有感到死期已如此迫近。蒙蒂利亚将军晚上九点紧急召来的法国医生亚历山大·普鲁斯珀·雷弗朗不必把脉就知道将军早在几年前就已踏上死亡的道路。根据病人颈项无力、胸部下陷和脸色枯黄的症状,他判断主要原因是肺部损害,之后几天的观察证实了他的想法。他一会儿用西班牙语,一会儿用法语同将军单独交谈,在初步询问中发现病人在歪曲症状、混淆病痛方面有了不起的才能,诊断时他竭力忍住咳嗽和吐痰,憋得透不过气。临床诊断证实了医生视诊的印象。从那晚开始到以后的十五天中,医生发布了三十三份病情公报,认为除了身体的沉疴之外,将军精神上的痛苦也十分严重。

雷弗朗大夫三十四岁,温文尔雅,衣着讲究,对自己的能力很自信。六年前,波旁王朝在法兰西复辟之后,他怀着失望来到美洲。他的西班牙文说写都正确流利,然而将军一有机会就炫示法语。医生立即辨出了他的口音。

"阁下有巴黎口音。"他对将军说。

"维维恩街,"将军高兴地说,"您怎么知道?"

"不是夸口,我凭一个人的口音就能猜出他是在巴黎哪个角落里长大的,"医生说,"尽管我本人出生在诺曼底的一个小镇,很大才离开。"

"诺曼底的干奶酪很好,葡萄酒却不怎么样。"将军说。

"那也许是我们身体健壮的秘密所在。"医生说。

他轻松地触动了将军心中孩子气的一面,赢得了将军的好感。更使将军信任的是他没有另开处方,而是把加斯特尔邦多大夫配制的止咳糖浆亲手喂了一匙给将军喝下,再给了一片安眠药,将军自己希望得到一些睡眠,心甘情愿地吃了。他们海阔天空地又聊了一会儿,直到安眠药起了作用,医生踮着脚尖走出房间。蒙蒂利亚将军和另外几个军官送他回家,医生说他打算和衣而睡,如果有紧急情况可以随时叫他,蒙蒂利亚听了大为惊慌。

雷弗朗和奈特一星期内商谈了好几次,没有取得一致意见。雷弗朗认为将军以前感冒没有得到很好调理,肺部落下了病根。奈特大夫根据皮肤颜色和晚上发烧,认为是慢性疟疾。在病情的严重性方面,两人没有分歧。他们想请别的医生会诊来解决矛盾,但是圣玛尔塔的三个以及省里别的医生都拒不应召,也不作解释。于是雷弗朗和奈特大夫商定了一个折中的治疗方案,用镇咳剂治感冒,用金鸡纳霜治疟疾。

病人背着医生,自作主张喝了一杯驴奶,周末情况更趋恶化。他母亲常喝加蜂蜜的温热驴奶，在他很小的时候也给他喝以治咳嗽。但是那个偏方的味道，以及它所勾起的亲切而遥远的回忆搅乱了他的胆汁，使他呕吐不止，彻底垮了下来。奈特大夫只得提前动身去牙买加请一位专家。他千方百计请来了两位专家，花的时间短得难以置信，但仍旧太迟了。

尽管如此，将军的精神状态同他虚弱的身体情况很不相称，他似乎认为正在夺去他生命的疾病只是微不足道的不适。他彻夜失眠，躺在吊床上望着莫罗要塞灯塔旋转的灯光，忍住呻吟，不透露病痛，眼睛一直盯着他自己曾称之为世上最美的灯火辉煌的海湾。

"我老是看不够，眼睛都酸了。"他说。

他白天竭力显示往常的勤奋，把伊巴拉、威尔逊、费尔南多或者身边最近的人叫来，指示他们代写他已没有耐性口授的信件。只有何塞·帕拉西奥斯清醒地认识到将军忙于安排后事。那些信件都牵涉到他亲近的人的去向安排，其中几个还不在圣玛尔塔。他不念旧恶，替他以前的秘书何塞·桑塔纳将军谋得一个外交职务，让他新婚后过上舒适的新生活。他经常称赞何塞·马利亚·卡雷尼奥将军心地善良，为卡雷尼奥安排的职位使他日后当上了委内瑞拉的代理总统。他替安德烈斯·伊巴拉和何塞·劳伦西奥·席尔瓦向乌达内塔要了委任状，让他们以后至少有稳定的薪俸。席尔瓦日后成为总司令和陆海军部长，八十二岁去世，晚年得了他特别害怕的白内障，视力减退，经过奔走努力，出示他身上多处伤疤证明他的战功，终于得到残废证明，靠养老金度日。

将军还试图说服佩德罗·布里塞尼奥·门德斯，让他回新格拉纳达担任国防部长，但是事态迅速发展，没有如愿。他立下文书，赠送一笔财产给他的侄子费尔南多，便于他在政界腾达。迪戈·伊巴拉将军是他的第一个副官，也是他在私下和公开场合都以"你"相称的少数几个人之一，将军建议他离开委内瑞拉，去一个更能发挥作用的地方。他临终之前甚至向胡斯托·布里塞尼奥将军求人情，尽管那时候他对布里塞尼奥仍感不快。

他的军官们也许永远也不会想到这些安排在多大程度上把他们的命运联系到了一起。因为他们后半辈子仍旧休戚与共，同舟共济；包括五年之后，他们又一次在委内瑞拉聚首，和佩德罗·卡鲁霍司令并肩作战，为玻利瓦尔派的一体化思想进行军事冒险。

那不是政治部署，而是将军临终前为他的孤儿们作的安排。他向威尔逊口授、致乌达内塔的信中有一句惊人的话证实了这一点:"里奥阿查之事已经无望。"当天下午,将军收到那个捉摸不透的埃斯特维斯主教的信,请他在中央政府斡旋,宣布圣玛尔塔和里奥阿查为省份,从而结束同卡塔赫纳的历史悠久的分歧。何塞·劳伦西奥·席尔瓦刚念完信,将军就做了一个泄气的手势说:"那些哥伦比亚人出的主意都是搞分裂。"后来,当他和费尔南多一起处理未复信件时,表现得更粗暴。

"不用写回信,"他说,"等我身上填满黄土之后,他们爱怎么干就怎么干吧。"

将军不停地想改变气候环境几乎到了疯狂的程度。潮湿的时候,他要干燥;冷的时候,希望暖和;在山区的时候,想换海洋气候。他老是烦躁不安,一会儿要开窗透透空气,一会儿要把窗关上,一会儿要把安乐椅放在背对阳光的位置,一会儿又要挪个地方,直到折腾得筋疲力尽,躺在吊床上晃荡才显得太平些。

圣玛尔塔的日子越来越凄怆,当将军恢复些许平静,再次提出愿去德米耶尔先生的乡间别墅时,雷弗朗大夫立即鼓励他去,知道这是回光返照的迹象。将军动身前夕写信给一个朋友说:"我至多能再活两个月。"这对大家都是一句谶言,因为他一生中很少提到死亡,最后几年里更没有人听他谈过。

坐落在内华达山嘴、离圣玛尔塔一里远的圣佩德罗·亚历杭德里诺繁花庄园是一个甘蔗种植园,附有炼制原糖的榨糖厂。将军乘德米耶尔先生的马车走上尘土飞扬的大路,十天之后又循原路回来,不过回来的是搁在牛车上的用他那件旧披风裹着的尸体。早在望见房屋之前,将军已闻到随风飘来的热糖浆的气味,在荒凉中产生了错觉。

"是圣马特奥的气味。"他叹息说。

距离加拉加斯二十四里的圣马特奥榨糖厂是他乡愁的中心。在那里他三岁失怙,九岁失恃,二十岁丧偶。他在西班牙结婚,妻子是个美丽的出生在美洲的贵族姑娘,也是他的亲戚,他当时唯一的理想是在圣马特奥榨糖厂与娇妻厮守,过幸福生活,同时经营扩大他富甲一方的产业。婚后八个月,妻子就去世了。死因没有确切记载,不知是恶性热病还是意外事故。丧偶是他一生中的巨大转折,他从一个沉湎于声色犬马、对政治毫无兴趣的殖民地公子哥儿突然成为另一个人,至死也没有改变。他从此不提死去的妻子,不回忆她,也没有续弦的打算。他一生中几乎每晚都梦见圣马特奥的房屋,有时梦见他的父亲、母亲和每一个兄弟姐妹,但从没有梦见过妻子,因为他强忍悲痛把她埋葬在遗忘深处,才能没有她而继续活下去。一瞬间唤起他回忆的是圣佩德罗·亚历杭德里诺糖浆的气味,榨糖厂里的奴隶们表情呆滞冷漠,甚至不向他投来同情的目光,巨大树木围绕着为接待他而粉刷一白的房屋,那是他生命中的另一座榨糖厂,不可逃避的命运将带他去那儿结束生命。

"她名叫玛丽亚·特雷莎·罗德里格斯·德尔托罗-阿莱萨。"将军突然说。

德米耶尔先生正在想别的事情。

"谁啊?"他问道。

"我死去的妻子,"他惊觉过来说,"请别在意,那是我年轻时的一桩不幸。"

将军不再说什么。

为将军安排的卧室又一次勾起他的回忆。他仔细察看,仿佛每件东西都是一个启示。除了挂有幔帐的床外,还有一个桃花心木的柜子、一个大理石面的桃花心木床头柜和一把红丝绒面的扶手椅。窗旁边的墙上有一口八角形的挂钟,钟面是罗马数字,指针停在一点零七分。

"我们以前来过这里。"他说。

何塞·帕拉西奥斯给钟上弦，拨到正确的钟点，将军躺在吊床上，即使能睡一分钟也好。那时他才看到窗外的内华达山，清晰蔚蓝，有如一幅油画，使他想起一生中住过的别的房间。

"我从没有像现在这样感到更接近自己的家。"他说。

在圣佩德罗·亚历杭德里诺的第一晚，将军睡得很好，第二天似乎大有起色，甚至在榨糖厂兜了一圈，赞扬纯种牛，品尝糖浆，说了一些炼糖的内行话，使大家十分惊异。蒙蒂利亚将军对这种变化感到奇怪，要雷弗朗大夫讲实话，大夫解释说将军虚假的好转现象是垂危病人常有的。几天内，也许几小时内就可能死亡。蒙蒂利亚听了这个坏消息茫然失措，一拳打在墙上，手都破了。对他说来，这个打击太大了。他多次对将军说过假话，一直是出于好意或者小的策略考虑。从那天开始，他出于怜悯而不对将军讲实话，并且吩咐接触将军的人都这么做。

那个星期，八名高级军官由于反政府活动被逐出委内瑞拉，来到圣玛尔塔。其中有几个解放战争中的著名人物：尼古拉斯·席尔瓦，特立尼达·波托卡雷罗，胡里安·因方特。蒙蒂利亚请求他们非但要向将军隐瞒坏消息，而且要把好消息说得更好，让将军的心病得到一点安慰。他们做得更夸张，把国内形势说得欢欣鼓舞，以至将军的眼里又闪出旧时的光芒。将军重提搁置了一星期的里奥阿查问题，又谈起委内瑞拉，仿佛他的理想马上就能实现。

"我们沿着正确道路从头开始，再没有比现在更好的时机了。"他说。接着，他以无可争辩的自信做出结论："我再踏进阿拉瓜山谷的那天，委内瑞拉全体人民都会起来支持我。"

下午，他当着来访军官们的面制订了一个新的军事计划，军官们出于怜悯，热情地帮他出主意。晚上他们不得不继续听他用预言的口气宣布怎么从零开始重建他理想的广阔大国，这次要干得彻底，一劳永逸。有些人以为是在听疯子的胡言乱语，只有蒙蒂利亚敢反驳他们的惊讶。

"注意，"蒙蒂利亚对他们说，"你们在卡萨科伊马也以为他说的是胡话。"

谁都忘不了一八一七年七月四日那天，将军和一小批军官，包括布里塞尼奥·门德斯，为了躲避西班牙军队野外的突然袭击，在卡萨科伊马礁湖的水里泡了一夜。将军半裸身体，发着高烧直打冷战，突然喊叫着宣布他今后要怎么做：首先攻占安戈斯图拉，翻越安第斯山脉，先解放新格拉纳达，后解放委内瑞拉，建立哥伦比亚共和国，最后征服直至秘鲁的大片南方土地。"然后我们登上钦博拉索山,在覆雪的峰顶插上大美洲共和国的三色旗,那个共和国千秋万代永远团结自由。"他最后说。当时听他说话的人也以为他神志不清,但是不出五年,那个预言不折不扣地逐步实现了。

遗憾的是圣佩德罗·亚历杭德里诺的预言只是烦乱的下午的幻象。第一个星期郁积的苦痛迅速汇集形成一阵摧毁一切的狂风。那时候,将军的身体已抽缩得很厉害,衬衫袖子得再卷上一圈,灯芯绒裤管得剪掉一英寸。晚上只在最开始能睡三小时左右,其余的时间不是咳得喘不过气,便是高热谵妄,再不然就不停地打嗝,那症状是在圣玛尔塔出现的,越来越严重,到了难以忍受的地步。下午别人都在打瞌睡,他望着窗外白雪皑皑的山峰,转移自己对痛苦的注意力。

他曾四次横渡大西洋,骑马踏遍他比任何人都解放得多的土地,但是从未立过一份遗嘱,这在当时是少有的。"我没有什么财产可以遗留给谁。"他常这么说。当他在圣菲准备行装时,佩德罗·阿尔坎塔拉·埃兰将军建议他立遗嘱,说是旅人以防万一,都这么做,他一本正经、不开玩笑地说他的近期计划中没有列入死亡。在圣佩德罗·亚历杭德里诺他却主动要口授遗嘱和最终文告的草稿。谁都不清楚这是有意识的行为，还是他备受折磨的心灵的失误。

由于费尔南多生病，将军向何塞·劳伦西奥·席尔瓦首先口授了一批略显凌乱的评论，表达的内容与其说是愿望，不如说是他的教训：美洲难以治理，干革命的人徒劳无功，这片土地必然会落到一群不知节制的人手里，之后又被形形色色但又没有区别的暴君所控制，还有许多在他给友人的信中已经流露的伤心的思想。

他似乎处在临终前的清明状态，一连口授了好几小时，咳嗽剧烈发作时也不中断。何塞·劳伦西奥·席尔瓦跟不上他的速度，安德烈斯·伊巴拉用左手写字也不能坚持很久。书记员和副官们都疲惫不堪，只有骑兵中尉尼古拉斯·马里亚诺·德帕斯仍在坚持，他用清晰的字体正确地记下口授，纸都写完了。他要人去取纸，但迟迟不来，便继续写在墙上，连墙壁都几乎写满。将军十分感激，把洛伦索·卡尔卡莫将军情场决斗用的两支手枪送给了德帕斯。

他的遗嘱是把遗体运回委内瑞拉，原属拿破仑的两本书由加拉加斯大学保存，给何塞·帕拉西奥斯八千比索报答他的长期服务，留在卡塔赫纳由帕瓦儒先生保管的文件全部销毁，玻利维亚议会颁发给他的一枚勋章归还议会，苏克雷元帅送给他的镶有宝石的金剑还给苏克雷的遗孀，其余财产,包括阿罗阿矿,分给他的两个妹妹和他已故的哥哥的儿子。此外就没有什么财产了,因为还有大小几笔债务要偿还,包括兰开斯特教授那笔令他牵肠挂肚的两万银比索。

将军在例行条款之中特意破格加了一条,为罗伯特·威尔逊爵士之子的模范行为和忠诚向爵士表示感谢。这一荣誉并不使人感到奇怪,奇怪的是没有同样地对待奥利里将军,奥利里奉将军之命留在卡塔赫纳听从乌达内塔总统调遣,没有及时赶到为将军送终。

他们两人的姓名永远和将军的姓名联系在一起。威尔逊先后任英国驻利马和加拉加斯的事务专员,继续在第一线参加秘鲁和委内瑞拉两国的政治和军事事务。奥利里先在金斯敦,后在圣菲居住,长期担任英国领事职务,五十一岁去世。他写了一部长达三十四卷的回忆录,叙述他在美洲时在将军身边的生活。他把自己默默无闻却又硕果累累的晚年归纳为一句话:"解放者已去世,他伟大的事业已湮灭,我在牙买加退隐,致力于整理他的文件,写我的回忆录。"

自从将军立了遗嘱以后,医生把他所掌握的所有姑息疗法全用上了:脚上敷芥末泥,擦脊梁,浑身涂镇痛药膏。

针对他的习惯性便秘，医生用了立时见效但作用剧烈的灌肠剂。医生怀疑有脑溢血，进行了发疱治疗来排除淤积在脑袋里的风邪。这种疗法是用刺激性很大的昆虫斑蝥晒干研成粉末，贴在皮肤上产生水疱，吸收身体里的毒气。雷弗朗大夫在垂危的将军身上用了六块发疱膏药，五块贴在后颈，一块贴在小腿肚上。一个半世纪之后，许多医生依然认为直接死因是这些腐蚀性的膏药引起了排尿紊乱，先是小便失禁，然后疼痛带血，最后膀胱下瘪得贴在骨盆内壁，正如雷弗朗解剖尸体时发现的那样。

将军的嗅觉变得非常敏锐，以至身上带搽剂气味的医生和药剂师奥古斯托·托马辛不得不离得远远的。他让人在房间里喷洒比以往更多的古龙水，继续用那些无用的药草汤洗澡，自己刮胡子，狠命地刷牙，做了非凡的努力抵御死亡的污秽。

十二月的第二周，路易斯·佩鲁·德拉克罗伊上校路过圣玛尔塔。德拉克罗伊是在拿破仑军队服过役的青年人，前不久还是将军的副官。他探望了将军之后马上写信给曼努埃拉·萨恩斯，告知她实情。曼努埃拉一接到信就赶往圣玛尔塔，可是在瓜杜阿斯得到消息说时已晚。这个消息把她从世上抹去。她消失在自己的影子里，除了将军的两箱文件之外没有别的牵挂。她把箱子存放在圣菲一个可靠的地方，几年后丹尼尔·奥利里按照她的指示领取出来。桑坦德将军上台后最初采取的行动之一就是把她驱逐出境。曼努埃拉以倔强的尊严接受了命运的安排，先去牙买加，然后过了一段悲惨的流浪生活，终于在派塔落脚。派塔是秘鲁太平洋海岸一个肮脏的港口，各大洋来的捕鲸船都在那里停泊。她做些编织活，抽抽劣等卷烟，排遣被遗忘的愁闷，在手指关节炎的疼痛可以忍受时制作一些动物糖果卖给水手们换些零钱。她的丈夫索恩先生在利马荒郊遭到歹徒抢劫，身边钱财有限，却被刺死，他遗嘱中留给曼努埃拉的财产相当于她结婚时的嫁妆，但这笔钱从未交到她手上。三次值得纪念的来访对于孤苦伶仃的曼努埃拉是莫大的安慰：一次是将军的老师西蒙·罗德里格斯，他们一起回忆了光荣的往事；另一次是在阿根廷抗击罗萨斯独裁政权后回国路过的意大利爱国者吉乌塞比·加里巴迪；第三次是在世界各大洋航行、为《白鲸》一书收集素材的美国小说家赫尔曼·梅尔维尔。她晚年由于髋骨骨折，躺在吊床上动弹不得，替热恋的青年男女用纸牌算命，为他们出些主意。她五十九岁时死于一场瘟疫，防疫官员烧毁了她的茅屋，将军的一些珍贵文件，包括情书，都付之一炬。

据她告诉佩鲁·德拉克罗伊,她保存的将军遗物只有一束头发和一只手套。

佩鲁·德拉克罗伊见到的圣佩德罗·亚历杭德里诺繁花庄园已处于办丧事的混乱状态。整幢房屋像是一条没有舵的船。军官们没有白天黑夜,困得不行时才睡觉,个个肝火旺盛,雷弗朗大夫请求他们保持安静时,连平时小心谨慎的何塞·劳伦西奥·席尔瓦都对他拔剑相向。他们不论什么时候饿了都要弄些吃的,费尔南达·巴里加即使劲头再足、脾气再好也照顾不过来。最消沉的军官们日夜玩牌,大声嚷嚷,也不怕隔壁房间里垂死的病人听见。一天下午,将军发烧昏睡,有人在平台上扯开嗓子骂娘,为的是六块木板、二百二十五枚大钉、六百枚普通小钉、五十枚金黄色小钉、十巴拉[①]马大普兰细布、十巴拉马尼拉纱带、六巴拉黑纱带,多算了十二比索二十三生太伏。

外面在高声唱账,喧哗逐渐平息,整个院子里只听见一连串的品名和价格。雷弗朗大夫在卧室里替蒙蒂利亚将军更换骨折手上的绷带,两人都明白病人看上去像在打盹,其实很清醒地在听账目。蒙蒂利亚身子探出窗外吼道:

---

① 拉美长度单位,1 巴拉(vara)合 0.8359 米。

"妈的,你们别嚷嚷啦!"

将军没睁眼,插嘴说:

"随他们去吧。反正现在没有我不能听的账目。"

何塞·帕拉西奥斯了解将军不须细听就知道现在唱的账目同那笔二百五十三比索七雷亚尔三夸尔蒂约的款子有关。那是市政府向一些私人募捐,并从屠宰场和监狱经费里拨一部分凑成的替他办丧事的款子,品名清单则是替他钉棺木和修墓用的材料。那以后,何塞·帕拉西奥斯奉蒙蒂利亚之命不准任何人进入将军卧室,不论对方是什么军阶、头衔和地位,他又制订了看护病人的严格制度,同他自己的死几乎没有差别。

"假如一开始就给我这份权力,这个人准能活到一百岁。"他说。

费尔南达·巴里加想进去。

"那个可怜的孤儿一向喜欢女人,"她说,"死的时候床头不能没有一个妇女,尽管我又老又丑,没有一点用处。"

他们不让她进。于是她坐在窗外祷告,企图禳解垂死者亵渎神灵的胡言乱语。以后她靠政府赈济度日,一直为将军服丧,活了一百零一岁。

星期三傍晚,当邻近的马马托科村的神甫来举行临终仪式时,费尔南达·巴里加在路上撒花瓣,担任领唱。她带领两行身穿粗麻布长袍、头戴花冠的赤脚印第安妇女,她们擎着油灯照亮道路,用印第安语唱丧歌。费尔南达在前面的路上撒了一层花瓣,那情景震撼人心,以至谁都不敢上前拦阻。将军听到他们走进卧室时从床上坐起来,用手臂挡在脸上以免灯火耀眼,大喊着赶他们出去。

"把那些长明灯拿走,简直像是鬼魂游行。"

为了不让阴郁的气氛加速垂危病人的死亡,费尔南多从马马托科请来一个街头乐队,在院里罗望子树下不停地演奏了一天。在音乐的镇静作用下,将军反应很好,几次要求重复他喜爱的对舞舞曲《三色堇》,以前他每到一地就散发这支舞曲的乐谱,民间十分流行。

榨糖厂的奴隶们停止了工作,在藤枝扶疏的窗外久久地瞅着将军。他裹着一条白被单,比死后更憔悴苍白,剃光后刚长出头发茬子的脑袋随着音乐节奏摇晃。一支曲子奏完,他就像在巴黎歌剧院里那样文雅地鼓掌。

在音乐的鼓舞下,他中午喝了一小碗肉汤,吃了椰蓉饼和炖鸡。饭后,他躺在吊床上要来一面小镜子照照自己说:"我眼睛这么有神,还死不了。"大家本已不指望雷弗朗大夫创造奇迹,现在又产生了希望。然而正当病人看来有好转的时候，却又把萨尔达将军误认为三十八个西班牙军官之一，那三十八个人是博亚卡战役之后，桑坦德未经审判，下令在一天之内枪决的。没多久，他病情突然恶化，再也没有恢复，用剩下一点力气喊着，要乐队走得远远的，别打扰他临终的安宁。恢复平静后，他吩咐威尔逊给胡斯托·布里塞尼奥将军写封信，请他看在一个行将就木的人的分上同乌达内塔将军和解，免得全国陷入可怕的无政府混乱状态。他所能口授的只是信的开头："我在生命的最后时刻给你写这封信。"

晚上，他同费尔南多聊了很久，第一次就前途问题帮费尔南多出点主意。他们两人合写回忆录的想法没有实现，但是侄子在他身边多年，不妨尝试着单独写，作为消遣练笔，也好让他的子女了解那些光荣与磨难的年代。"如果奥利里不改初衷，他能写出一些东西，"将军说，"但角度不一样。"费尔南多当时二十六岁，活到八十八岁才去世，但是除了一些不连贯的札记之外，什么都没写，因为命运使他丧失了记忆，这也是他的大幸。

将军立遗嘱时，何塞·帕拉西奥斯在卧室。在这种庄重神圣的场合，他和别人都一言不发。但在晚上将军沐浴时，他请将军更改遗嘱中有关他的条款。

"我们一直很穷,不过什么都不缺。"他说。

"恰巧相反,"将军说,"我们一直很富,但是什么都不够。"

两句迥然不同的话说得都对。何塞·帕拉西奥斯原是将军母亲的奴隶,按照她的安排,很小开始就伺候将军,从没有正式获得解放。他一直在奴隶和自由人的边缘徘徊,从没有收到过关饷,也没有明确的身份,他的个人花费包括在将军的私人开支之内。他的吃穿同将军完全一样,但十分简朴。他既无军衔又无残废证明,年纪又不适于重新开始另谋生计,将军不能撒手不管。因此没有商量余地:有关八千比索赠金的条款不仅不能取消,而且不容推却。

"那才公平。"将军结尾说。

何塞·帕拉西奥斯回答得很干脆:

"公平的是咱们一起死。"

事实也是这样,因为他像将军一样不善理财。将军死后,他在卡塔赫纳靠政府赈济,借酒消愁,想忘掉过去,结果上了瘾。他穷困潦倒,七十六岁时在解放军退役军人的一个肮脏的收容所里死于震颤性谵妄。

十二月十日早晨,将军醒来时情况大坏,左右的人唯恐他想忏悔，赶紧去请埃斯特维斯主教。主教很快赶到，十分重视这次会见，穿了主教的法衣。但根据将军要求，会见秘密进行，没有见证人在场，前后只有十四分钟。谁都不知道他们谈了些什么。主教匆匆出来，有点失态，不同众人告别就上了马车，尽管不少人邀请，他没有主持追悼仪式，也没有参加葬礼。将军虚弱不堪，自己下不了吊床，医生像抱初生儿似的把他抱到床上，让他背靠枕头半坐半卧，以免咳嗽时气绝。他喘过气后，要所有的人都出去，只留下医生。

"我没想到情况这么严重，居然考虑到临终圣事了，"将军对医生说，"我可没有相信在天国永生的福气。"

"不是这么回事，"雷弗朗大夫说，"经验证明，良心上的问题解决后，病人精神状态改善，有助于医生的工作。"

将军没有理会医生巧妙的回答，因为他悚然清醒地认识到，他那逆境与梦想之间的疯狂追逐这时已经到达终点。余下的只是黑暗。

"妈的，"他叹息说，"我怎么才能走出这座迷宫！"

他以临终的洞察力扫视着房间，第一次看到了真相：借用的最后一张床；破旧的梳妆台，那面朦胧的镜子再也不会照出他的容貌；瓷面剥落的洗脸架，上面的水盆、毛巾和肥皂只能给别人使用了；豁了口的八角挂钟全无心肝地匆匆走向那不可逃避的约会——十二月十七日他最后一个下午的一点零七分。于是他叉起手臂搁在胸前，开始听到榨糖厂的奴隶们在下午六点钟唱的圣母颂，看到窗外天上那颗无缘再见的明亮的金星，终年不化的山顶积雪，爬藤新枝上的黄色钟形花，第二天星期六由于举哀紧闭门窗，不能看到它吐放了，还有那永远不会重复的生命的最后光芒。

## 致　谢

多年前，我听阿尔瓦罗·穆蒂斯谈起他打算写一本有关西蒙·玻利瓦尔最后一次沿马格达莱纳河旅行的书。他提前发表了那本书的一个片段：《最后的面庞》，我读后认为故事相当成熟，文笔和格调十分完美，希望在短期内能看到全书。但是两年后，我得到的印象是这个计划已经搁置，不少作家即使对于自己非常喜爱的题材也常有撇在一边的情况，那时我才斗胆请他允许由我来写。那是守候了十年方始下手的猎获。因此，我首先应该感谢的是他。

除了人物的光荣事迹之外，我更感兴趣的是马格达莱纳河，我自幼就熟悉那条河流。从我有幸出生的加勒比海岸，我一直航行到遥远模糊的波哥大城，尽管从第一次开始波哥大就比任何别的城市更使我有异乡人之感。我求学时期在河上来回经过十一次之多，乘坐的由密西西比河岸造船厂制造的汽船不由人不抚今追昔，任何作家都难以抗拒它那神话般的感召。

另一方面，我并不担心历史依据问题，因为玻利瓦尔最后一次沿河旅行是他平生文献记录最少的时期。他一生书写或口授的信件数目逾万，但在那不幸的十四天中只写了三四封，陪伴他的人谁都没有留下书面回忆。可是从书写第一章开始，我就得偶尔查阅有关他生活方式的资料，一则材料引向另一则，以至第三、第四则材料，穷源溯流，方始罢休。在两年漫长的时间中，我埋首卷帙浩繁的文献，有些资料相互矛盾，不足为凭。我翻遍了从丹尼尔·弗洛伦西奥·奥利里的三十四卷回忆录，到最意想不到的剪报等各种材料。我在历史研究方面毫无经验，也缺乏方法，这两年日子不很轻松。

一个半世纪以来，在我之先已有些人涉猎了那些领域，没有他们的帮助，这本书不可能写成；叙述一位历史名人的生平势必要受到文献的严格限制，我大胆使用文学手段在小说天地恣肆驰骋，也得到他们提供的方便。但是我特别要感谢的是一批新老朋友，他们对我提出的疑点不分大小都当作自己的问题，给予极大重视，大者如玻利瓦尔在他显而易见的矛盾中的真实政治思想，小者如他鞋子的尺码。当然，这张致谢的名单也许有不可饶恕的遗漏，如果得到宽容，我将无任感荷。

哥伦比亚历史学家欧亨尼奥·古铁雷斯·塞利接到我一份长达数页的问题表之后，替我做了一套卡片档案，非但提供了惊人的资料（其中有不少在十九世纪的哥伦比亚报刊上给搞混了），而且指点了调查和整理信息的津梁。此外，他同历史学家法维奥·普约合作编写的《玻利瓦尔逐日大事记》仿佛是一张航海图，我在整个写作过程中有了它便可以在人物所处的时代自由活动。法维奥·普约还从巴黎打来电话给我念一些有关文件解除我的焦虑，或者通过电报或传真拍发给我，仿佛那些材料是性命攸关的药品。墨西哥国立自治大学教授、哥伦比亚历史学家古斯塔沃·巴尔加斯同我保持电话联系，澄清我的大小疑问，尤其是与当时政治思想有关的问题。玻利瓦尔传记作者比尼西奥·罗梅罗·马丁内斯从加拉加斯为我提供了一些令人难以置信的有关玻利瓦尔个人习惯的考证，特别是他的粗话，他的侍从人员的性格和归宿，并且极其严谨地校对了最终文稿的历史论据。他独具慧眼地指出玻利瓦尔不可能像我所写的那样带着孩子般的喜悦吃芒果，因为芒果移植美洲是几年之后的事。

巴拿马驻哥伦比亚大使、后出任外交部长的豪尔赫·爱德华多·里特尔几次乘飞机赶来，专门替我送几本世间很少流传的藏书。波哥大的堂弗朗西斯科·德阿夫里斯克塔在浩如烟海的有关玻利瓦尔的参考书目中不倦地为我指点迷津。哥伦比亚前总统贝利萨里奥·贝坦库尔在整整一年里和我保持电话联系，澄清了我的一些疑点，并考证出玻利瓦尔背诵的一些诗句是厄瓜多尔诗人何塞·华金·奥尔梅多的作品。我同弗朗西斯科·皮维达尔曾在哈瓦那促膝长谈，形成了我所要写的这本书的一个清晰轮廓。乐于助人的哥伦比亚著名语言学家罗伯托·卡达维德（阿尔格斯）为我调查了某些方言的含义和年代。古巴科学院地理学家格拉德斯通·奥利瓦和天文学家豪尔赫·佩雷斯·多瓦尔应我之请，列出了上一世纪前三十年盈月的日期表。

老友阿尼瓦尔·诺格拉·门多萨从哥伦比亚驻太子港使馆给我寄来了私人文稿的副本，那是他正在撰写的一部有关玻利瓦尔的专著的札记和草稿，他慷慨地允许我自由引用。此外，他在本书初稿中发现了五六处荒诞的破绽和时代错误，如果谬误流传，很可能使读者对这部小说的严谨产生怀疑。

最后，安东尼奥·玻利瓦尔·戈亚内斯，本书主角的一个旁系亲属，也许是墨西哥最后一位传统排字工人，和我一起校对原稿，仔细搜寻不合逻辑、重复、前后矛盾之处，校正错字，推敲语言和书写规则，先后校阅七次。在这种情况下，我们纠正了一个尚未出生就赢得战役的军人，一个同已故丈夫一起去欧洲的遗孀，以及玻利瓦尔同苏克雷在波哥大共进的一次午餐，实际上他们当时一个在加拉加斯，另一个却在基多。尽管如此，我觉得后两处不改也无伤大雅，因为诸如此类的蠢话或许能给这部拙劣的作品增添一点不自觉的，甚至是可取的幽默感。

加西亚·马尔克斯

一九八九年一月，墨西哥城

**图书在版编目(CIP)数据**

迷宫中的将军 / (哥伦) 加西亚·马尔克斯著；王永年译. -- 2版. -- 海口：南海出版公司, 2025. 3.
ISBN 978-7-5735-1062-4

Ⅰ. I775.45
中国国家版本馆CIP数据核字第2024YX2832号

**迷宫中的将军**
〔哥伦比亚〕加西亚·马尔克斯 著
王永年 译

| | |
|---|---|
| 出　　版 | 南海出版公司　(0898)66568511 |
| | 海口市海秀中路51号星华大厦五楼　邮编 570206 |
| 发　　行 | 新经典发行有限公司 |
| | 电话(010)68423599　邮箱 editor@readinglife.com |
| 经　　销 | 新华书店 |
| 责任编辑 | 侯明明 |
| 特邀编辑 | 冯文欣　张梦君　刘丛琪 |
| 营销编辑 | 梁圣煊　游艳青 |
| 装帧设计 | 韩　笑 |
| 内文制作 | 张　典 |
| 印　　刷 | 山东韵杰文化科技有限公司 |
| 开　　本 | 850毫米×1168毫米　1/32 |
| 印　　张 | 9 |
| 字　　数 | 144千 |
| 版　　次 | 2014年11月第1版　2025年3月第2版 |
| 印　　次 | 2025年3月第1次印刷 |
| 书　　号 | ISBN 978-7-5735-1062-4 |
| 定　　价 | 59.00元 |

版权所有，侵权必究
如有印装质量问题，请发邮件至zhiliang@readinglife.com

著作权合同登记号　图字：30—2012—056

EL GENERAL EN SU LABERINTO by GABRIEL GARCÍA MÁRQUEZ
© GABRIEL GARCÍA MÁRQUEZ, 1989, and Heirs of GABRIEL GARCÍA MÁRQUEZ
All Rights Reserved.